Ilse Gräfin von Bredow
Denn im Herbst, da fall'n de Blätter –
Donnerwetter!

SERIE PIPER

Zu diesem Buch

In den Kindheitserinnerungen der Erzählerin Ilse Gräfin von Bredow hat auch die dunkle, kalte Zeit des Jahres ihre eigenen Reize und steckt voller aufregender Erlebnisse: Das Wetteifern mit den Städtern beim Brombeersammeln, Herbststürme, die alles durcheinander wirbeln, Treibjagden, Schlachtfeste und gefährliche Schlittenfahrten. Auch ein tollpatschiger Bernhardiner auf Abwegen, ein Schwein, das sich mit ihm anfreunden will, und eine Menge Katzen, Hühner und Mäuse spielen bei diesen aufregenden Erlebnissen ihre je einzigartigen Rollen. Auf dieser Reise in eine vergangene Zeit zeichnet Ilse Gräfin von Bredow mit gewohntem Witz auch ein liebevolles Porträt der gräflichen Familie, in der nicht nur die Mamsell, sondern auch der Bernhardiner namens Möpschen wichtige Plätze einnehmen.

Ilse Gräfin von Bredow wurde 1922 in Teichenau/Schlesien geboren. Sie wuchs im Forsthaus von Lochow in der märkischen Heide auf und besuchte später ein Internat. Während des Krieges war sie im Arbeitsdienst und musste Kriegshilfsdienst leisten. Seit Anfang der fünfziger Jahre lebt Gräfin von Bredow als Journalistin und Schriftstellerin in Hamburg und hat zahlreiche erfolgreiche Bücher veröffentlicht.

Ilse Gräfin von Bredow

Denn im Herbst, da fall'n de Blätter – Donnerwetter!

Geschichten vom Lande

Piper München Zürich

Von Ilse Gräfin Bredow liegen in der Serie Piper vor:

Denn Engel wohnen nebenan (2439)
Ein Bernhardiner namens Möpschen (2914)
Kartoffeln mit Stippe (2915)
Deine Keile kriegste doch (2916)
Der Spatz in der Hand (2917)
Ich und meine Oma und die Liebe (3213, 4815)
Denn Engel wohnen nebenan / Ein Bernhardiner namens Möpschen (Doppelband, 3642)
Die Küche meiner Kindheit (4017)
Der Glückspilz (4087)
Ein Fräulein von und zu / Familienbande (Doppelband, 4412)
Benjamin, ich hab nichts anzuziehn (4482)
Denn im Herbst, da fall'n de Blätter (4483)
Glückskinder / Der Spatz in der Hand (Doppelband, 4854)

FSC

Dieses Taschenbuch wurde auf FSC-zertifiziertem Papier gedruckt. FSC (Forest Stewardship Council) ist eine nichtstaatliche, gemeinnützige Organisation, die sich für eine ökologische und sozialverantwortliche Nutzung der Wälder unserer Erde einsetzt (vgl. Logo auf der Umschlagrückseite).

Ungekürzte Taschenbuchausgabe
Piper Verlag GmbH, München
September 2006

Umschlag / Bildredaktion: Büro Hamburg
Heike Dehning, Charlotte Wippermann,
Alke Bücking, Daniel Barthmann
Umschlagabbildung: Jupiterimages / Nonstock
Foto Umschlagrückseite: Gudrun Drews
Satz: Ebner & Spiegel, Ulm
Papier: Munken Print von Arctic Paper Munkedals AB, Schweden
Druck und Bindung: Clausen & Bosse, Leck
Printed in Germany
ISBN-13: 978-3-492-24483-1
ISBN-10: 3-492-24483-1

www.piper.de

Inhalt

Vorwort

Wenn wir Alten an unsere Kindheit und Jugend auf dem Lande denken, ist immer Frühling oder Sommer. Wir schwärmen von lauen Frühlingslüften, als Natur und Liebe in voller Blüte standen und wir, begleitet von Glühwürmchen, behängt mit Pfefferkuchenherzen und beschwipst von Waldmeisterbowle, kichernd über Kiefernwurzeln stolpernd, durch den Wald vom Schützenfest heimwärts zogen. Voller Verklärung sind auch die Sommer. Kein Gedanke mehr daran, dass es wochenlang nur Strippen regnete oder ein eisiger Ostwind unsere Beine blau färbte. Wir erinnern uns nur an duftendes Heu, flimmernde Hitze über Wiesen und Äckern, an sternenklare Nächte, in denen wir, vom Mond beschienen, noch lange gemeinsam mit den Kühen im See herumplanschten und aus dem Garten sonnendurchwärmte Erdbeeren naschten, an lärmendes Kindergetobe durch Park und Haus, was die Erwachsenen zur Verzweiflung brachte. Herbst und Winter dagegen spielen in unserer Erinnerung kaum eine Rolle. Nur das immer Wiederkehrende wie Kartoffelfeuer, Drachensteigen und wie wir, «Laterne, Laterne, Sonne, Mond und Sterne» plärrend, mit Lampions in der Hand durchs Dorf zogen, fällt uns dazu ein, und im Winter Advent, Weihnachten und Schnee. Dafür liegen uns für diese Jahreszeiten mehr alberne Sprüche auf der Zunge wie «Dunkel war's, der Mond schien helle auf die schneebedeckte Flur, als ein Wagen blitzeschnelle langsam um die Ecke fuhr» oder auch «Denn im Herbst, da fall'n de Blätter – Donnerwetter! Und im Winter wer'n se alle Matsch – so'n Quatsch.»

Dabei gab es doch in den Herbst- und Wintermonaten keineswegs nur Nebel, kalte Füße und nasse Socken oder gar stumpfsinniges Herumsitzen hinter dem warmen Ofen. Im Gegenteil, auch sie waren voller aufregender Erlebnisse. Im Herbst wetteiferten wir mit den Städtern darum, uns gegenseitig die Früchte des Waldes und der Koppeln vor der Nase wegzuschnappen, und Vater stöhnte laut im Schlaf, weil im Traum ein Mann aus Rathenow namens Krause mit einem übervollen Eimer Brombeeren flott an ihm vorbeimarschierte. Es gab vom Jagdfieber gepackte Gäste, die stundenlang bei niedrigen Temperaturen regungslos auf dem Hochsitz ausharrten, um endlich, endlich den erträumten stattlichen

Zwölfender zu erlegen, und am nächsten Tag vor lauter Heiserkeit kaum noch sprechen konnten. Herbststürme wirbelten die Milchkannen durcheinander und brachten unsere Postfrau fast zu Fall, und Möpschen geriet mal wieder auf Abwege und bekämpfte sein Rheuma heimlich mit Alkohol. Auch der Winter konnte es durchaus mit dem Sommer aufnehmen. Treibjagden standen ebenso auf dem Programm wie gefährliche Schlittenfahrten, das Schlachtfest, das nicht stattfinden konnte, weil das Schwein abhanden gekommen war, und als Höhepunkt für die Eltern Kurmärkerball und Grüne Woche – alles Ereignisse, die das allmählich versiegende Reservoir von Familienanekdoten wieder kräftig auffüllten.

1 Die Katze mit dem ab'n Schwanz

Der Altweibersommer konnte durchaus mit seinem Vorgänger Schritt halten, wenn vielleicht das Thermometer auch nicht mehr ganz so in die Höhe schnellte. Dafür war er, wie mein Onkel unter den missbilligenden Blicken meiner Tante gern wohlwollend bemerkte, so mild wie der Beischlaf eines kommandierenden Generals. Silberfäden schwebten durch die Luft und glitzerten im Morgentau auf Sträuchern und Wiesen. Die Schwalben sammelten sich, und die vom Reisefieber geplagten Stare lärmten aufgeregt in der großen Pappel vor dem Haus. Statt Johannisbeeren, Erdbeeren und Himbeeren gab es reichlich Äpfel und Birnen und vor allem Zwetschen, die wie übergroße Weintrauben in den Bäumen hingen. Selbstverständlich wurden wir alle zum Aussteinen eingespannt, leider auch ich. Vorbei die Zeit, als ich noch auf Mamsells Schoß sitzen durfte, sie liebevoll nach den Fingern meiner rechten Hand griff und abzählte: «Das ist der Daumen, der schüttelt die Pflaumen, der hebt sie auf, der trägt sie nach Haus, und der Kleine isst sie ganz alleine!» Längst war mir nicht mehr gestattet, nur zum Naschen in der Küche zu erscheinen. Auch der Spruch «Messer, Gabel, Scher' und Licht sind für kleine Kinder nicht» galt nicht mehr und war durch «Was Hänschen nicht lernt . . .» ersetzt worden.

Mamsell band mir eine Schürze um, stellte eine Schüssel vor mich hin und drückte mir mit den Worten «Nun zeig mal, was du kannst» ein Messer in die Hand. Das Aussteinen der häufig nicht immer sehr reifen Zwetschen erwies sich als ziemlich mühsam. Ebenso das Kartoffelbuddeln. Dabei musste man, einen Kartoffelsack unter den Knien, die Furchen entlangrobben, mit Kraftanstrengung die Stauden herausziehen und dann mit der Hacke die Knollen so geschickt ans Tageslicht fördern, dass man sie dabei nicht anhackte. Außerdem durfte man nicht vor lauter Eile, an das versprochene Futter für das Sparschwein heranzukommen, die Hälfte übersehen. Da weckten auch der anspornende Spruch der Erwachsenen «Ohne Fleiß kein Preis» und die Aussicht auf ein herrliches Kartoffelfeuer oder, wie jetzt bei den Zwetschen, auf Pflaumenkuchen und Pflaumenmus wenig Begeisterung, jedenfalls nicht bei mir.

Mein dezenter Hinweis, ich bekäme doch am

Wochenende Besuch und müsse dringend meine Spielecke im Kinderzimmer und mein Fach im Nippesschrank aufräumen, stieß bei Mamsell auf taube Ohren. Das Einzige, was sie von sich gab, war das verhasste «Fleißige Hände bringen schnell ein Ende». Und ich versank mal wieder in Grübeln, wieso ein so nettes Kind, wie ich es war, in diesem Haus so wenig Verständnis fand.

Auch das Interesse an meinem Besuch war nur gering. «Ach herrje, die steht uns ja auch noch bevor», war alles, was Mutter sagte, als ich sie daran erinnerte. Dabei war Erika, meine neue Freundin aus der Laubenkolonie, mit ihrem rosa Schlüpfer, der süßen Katze mit dem ab'n Schwanz und einem Vater, der, wenn es darauf ankam, als Bierkutscher sogar mit einem Achterzug fahren konnte, nun wirklich nicht vergleichbar mit irgendeiner popligen Kusine. Ich hatte Erika während meines Besuches in den Sommerferien bei Tante Armgard in Potsdam kennen gelernt. Seitdem führten Erika und ich einen regen Briefwechsel. Und nun, in den Herbstferien, kam sie für eine Woche zu uns.

Erikas Eltern machten nicht so viel Heckmeck wie meine. Sie schickten sie selbstverständlich allein los, im vollen Vertrauen darauf, dass ihr der Schaffner oder eine andere hilfsbereite Person schon beim Umsteigen behilflich sein würde. Sie sollten Recht behalten. Der Schaffner unserer Kleinbahn ließ sich sogar herab, ihren Deckelkorb bis zu unserem Wagen zu tragen und ihn hineinzuwuchten, allerdings nicht, ohne sie mürrisch zu fragen: «Schleppste Steine mit dir rum, oder wat?»

Erika, mit der Bommelmütze und kariertem Mäntelchen, lachte scheppernd, sodass unsere Liese, die gerade in kontemplativer Haltung mit hängendem Kopf vor sich hin döste, erschreckt zusammenfuhr, kletterte auf den Wagen und setzte sich neben mich. Mein Bruder schnalzte mit der Zunge, und ab ging die Post im gewohnten Schneckentempo.

Der Inhalt des Korbes entpuppte sich als eine Fundgrube herrlicher Mitbringsel. Meine Mutter wurde mit einem von Erika gehäkelten Kaffeewärmer bedacht, mein Vater mit selbst gebrautem Birnenschnaps, mein Bruder konnte sich an einem halben Dutzend Angelhaken erfreuen, Mamsell an einer Flasche Eierlikör, die Mädchen an Quittenbrot und ich an etwas, das Vater ein Danaergeschenk nannte: der süßen Katze mit dem ab'n Schwanz, die allerdings, seitdem ich sie zum letzten Mal gesehen hatte, eher noch mickriger geworden war. Mutter sagte: «Ach du lieber Gott», und Mamsell machte ihr Nur-über-meine-Leiche-Gesicht und erklärte entschieden: «Eine

Katze im Haus – so weit kommt's noch! Die gehört in den Stall. Oder noch besser, Erika nimmt sie wieder mit.» Doch als sie mein betrübtes Gesicht sah, fügte sie einlenkend hinzu: «Na, wir werden mal sehen.»

Zum Glück wurde die Miezekatze von Möpschen akzeptiert und das wahrscheinlich nur, weil sie so angenehm nach Birnenschnaps roch. Anscheinend hatte der Korken auf der Flasche nicht fest genug gesessen. Möpschen beschnupperte sie wollüstig und begann dann, sie abzulecken, was die verschüchterte neue Hausgenossin ohne Widerstand über sich ergehen ließ. Und so war der Burgfrieden in der Küche nicht gefährdet. Trotzdem duldete Mamsell die Katze nur ungern in der Küche. «Dauernd stolpert man über das Vieh, und sie macht sich an alles ran.»

Dagegen gewann Erika Mamsells Herz im Handumdrehn. Sie hatte nicht wie ich, was Mamsell nicht oft genug betonen konnte, fünf linke Daumen, sondern war sehr geschickt, schälte die Kartoffeln hauchdünn, knetete den Hefeteig mit großer Energie und knallte ihn auf den Tisch, dass das Geschirr klirrte, bis er vorbildlich locker war, rollte ihn auf dem Kuchenblech aus, belegte ihn wieselflink mit Pflaumenhälften und schob ihn in den Ofen. Sie fand alles bombig und knorke, und ich war mächtig stolz auf sie und hörte gar nicht hin, wenn meine Schwester mir meine Freundin vermiesen wollte, weil sie sich darüber ärgerte, dass Erika mindestens ebenso patent war wie sie. Vor allem Vater wusste Erika zu schätzen. Sie half ihm eifrig beim Sägen, und im Gegensatz zu uns gab es bei ihr keine Probleme mit dem Sägeblatt, das sonst ständig klemmte, weil wir nicht den richtigen Rhythmus raushatten.

Aber eines Tages wäre das allgemeine Einvernehmen fast noch empfindlich gestört worden, denn Mamsell war mit dem linken Fuß zuerst aufgestanden. Als Erstes bekam die unglückliche Katze ihre schlechte Laune zu spüren, weil sie mal wieder auf dem Regal über dem Herd herumturnte, was für Mamsell sowieso ein Stein des Anstoßes war. Ihre Stimme hob sich zu einem kreissägenhaften Ton, und die Katze floh, so schnell ihre kümmerlichen Beinchen sie tragen konnten. Mamsell schob den Topf mit den ausgesteinten, eingezuckerten Zwetschen auf die Herdplatte und befahl uns, für die nötige Hitze zu sorgen, damit die Zwetschen köchelten. Denn die beiden Mädchen hätten ihren freien Tag, und sie lege sich jetzt mal ein Stündchen hin. Wir wagten nicht zu widersprechen, obwohl wir viel lieber mit meinen Puppen Schule oder Mutter und Kind gespielt hätten. Während wir noch über Mamsells Ansinnen vor uns hin maulten, was wir aber wohlweislich erst taten, als sie die Küche verlassen hatte, machte es plötzlich «platsch», und auf dem Herd begann es fürchterlich zu rumoren. Wir stürzten hin und sahen die Katze zwischen den Zwetschen zappeln. Wahrscheinlich war sie bei dem Versuch, wieder mal auf das Regal zu springen, abgerutscht. Erika griff blitzschnell zu, warf sie in einen neben dem Herd stehenden Eimer und wusch das völlig verschreckte Tier unter der Pumpe, und ich mühte mich, jeden sichtbaren Spritzer auf Herd und Kacheln zu beseitigen. Erika rubbelte wie besessen an der armen Katze herum, um sie einigermaßen trocken zu kriegen, während ich bei der Vorstellung, Mamsell könne plötzlich erscheinen, fast vor Angst verging. Das tat sie glücklicherweise erst, als in der Küche wieder Ordnung herrschte und die Katze draußen in der Sonne saß und sich ihr Fell glatt leckte. Mamsell musterte stirnrunzelnd einige von mir vergessene Musspuren auf dem Schrank und fragte: «Wie kommen denn die dahin?»

Ich beeilte mich, ihr zu erklären, dass, wie immer, der Herd mit seiner ungleichen Hitze daran schuld sei. Das Mus habe plötzlich nur so gesprudelt, was Mamsell sehr wunderte, denn der Topf war nur lauwarm. Aber zum Glück ging sie der Sache nicht weiter nach, sondern brachte nun selbst den Herd ordentlich in Fahrt, wobei sie ihn wie häufig halblaut beschimpfte. «Schrotthaufen» und «Miststück» war noch das Freundlichste, was sie von sich gab.

Die Katze ließ sich erst nach Stunden wieder blicken. Sie sah immer noch ziemlich mitgenommen aus. Zwei Tage vor Erikas Abreise gelang es ihr dann doch noch, Mamsells Herz zu gewinnen. Sie fing in der Küche vor ihren Augen eine wohlbeleibte Maus und legte sie ihr mit stolzem Miauen vor die Füße. Mamsell streichelte sie lobend. «Vielleicht bist du ja doch ganz nützlich», sagte sie, und ich atmete auf.

Das Pflaumenmus schmeckte allen vorzüglich, nur Vater machte bei der Vesper plötzlich ein etwas verdutztes Gesicht und sagte: «Komisch, irgendwie habe ich das Gefühl, Katzenhaare im Mund zu haben.»

Mutter sah ihn nachsichtig an. «Also wirklich. Wie sollten die wohl ins Mus kommen?»

«In diesem Hause», sagte Vater, «ist man doch vor nichts sicher.»

2 Der Triumph

Wie immer in dieser Jahreszeit erwachte in uns ein Jagdfieber besonderer Art. Ständig hechelten wir Möpschen gleich suchend durch die Gegend, um die Früchte des Waldes und der Heide, wie Bucheckern, Haselnüsse, Kastanien und Eicheln, Pilze, Blaubeeren und Brombeeren, ausfindig zu machen, von der Angst getrieben, jemand könne uns zuvorkommen und die Beute wegschnappen. Konkurrenten gab es schließlich genug. Dazu zählten besonders die verhassten Städter, die juchzend den Wald unsicher machten und sich lautstark zuriefen: «Sind da welche?», was sich vor allem auf die Brombeeren bezog.

Mein Bruder war ein Ass im Auskundschaften. Selbst der kleinste Pilz war vor seinen scharfen Augen nicht sicher. Nicht nur die Eltern, auch Lehrer Scheel wusste sein Spähertalent zu schätzen und zog mit ihm los, während wir verdonnert wurden, uns in Schönschrift zu üben. Dafür nahm mein Bruder sich das Recht, beim Pflücken nur als Zuschauer dabei zu sein, und bediente sich, wenn Mamsell ihm nicht eins auf die Finger gab, ungeniert aus dem gefüllten Eimer. Von ihm stammte die geniale Idee, zur Abschreckung anderer Sammelwütiger ein Pappschild mit einem Totenkopf und dem warnenden Hinweis «Achtung Kreuzottern!» vor den Büschen aufzustellen. Vater war beeindruckt. «Einfälle hat der Junge, wirklich phänomenal!»

Mutter wiederum erwähnte gern im größeren Familienkreis, wo jede Mutter bemüht war, ihre Brut herauszustreichen, die wirklich schöpferische Fantasie meines Bruders und erzählte ausführlich – ein wenig zu ausführlich, wie man insgeheim fand –, mit welch anschaulichen Geschichten er die unschlüssig auf das Warnschild starrenden Städter verschreckt hatte. Dass Vater dabei aber mal wieder durch seine gedankenlose Fragerei alles fast zunichte gemacht hatte, erwähnte sie nicht. Mein Bruder, berauscht von seinen eigenen Einfällen, war gerade im Begriff, vor einem staunenden Publikum den schrecklichen, von einem Kreuzotterbiss verursachten Tod einer immer noch sehr lebendigen Tante laut röchelnd mimisch darzustellen, als Vaters Frage «Was denn für 'ne Tante, Junge?» ihn völlig aus dem Konzept brachte.

Auch Vater war nicht gerade einfallslos, wenn es darum ging, sich Konkurrenten vom Leibe zu halten. Oft trafen wir, mit vollen Kannen auf dem Heimweg, andere Sammeljäger, die neidisch auf unsere Brombeeren kuckten und, zugegebenermaßen etwas naiv, fragten: «Wo gibt's denn welche?» Vater, der uns stets ermahnte, großzügig zu sein und nicht zu raffig, schickte sie grundsätzlich mit den Worten «Dort, hinter der Schonung gibt es massenweise» in die entgegengesetzte Richtung.

Mutter und Mamsell schüttelten ungehalten die Köpfe, aber sie korrigierten ihn nicht. Im Übrigen teilte er die Ansicht meines Bruders, dass Frauenhände zum Pflücken besser geeignet seien, und wies mit seinem Spazierstock gern auf besonders üppige, vollreife Früchte, die entweder so hoch hingen, dass man nach ihnen hätte springen müssen, oder von Dornen geradezu umstellt waren. Wenn wir zögerten, meinte er: «Nun stellt euch man nicht so an! Die paar Schrammen werdet ihr schon überstehen!» Möpschen war eher unserer Ansicht. Er hatte sich einen Dorn in die Pfote getreten, an der er winselnd herumleckte.

Am leichtesten hatten wir es mit den Holunderbeeren. Holunderbüsche gab es reichlich am Backhäuschen, hinter der Scheune und am Pferdestall. Schon beim Ernten freuten wir uns auf die von Mamsell versprochene warme Holundersuppe mit Apfelstückchen, Grießklößen und Häubchen aus Eischnee.

Das Sammeln von Kastanien und Eicheln blieb allein uns Kindern vorbehalten. Wir besserten damit unser Taschengeld auf und verkauften sie an Vater zur Wildfütterung, zwei Mark den Zentner. Vater konnte sich über einen so hohen Preis gar nicht beruhigen. «Das ist ja Wucher!»

Dagegen waren bei den Champignons die Eltern, Mamsell und die Mädchen wieder mit von der Partie. Vater verkündete wie immer lautstark, dass ihm diese Pilze ebenso köstlich schmeckten wie Morcheln oder Trüffeln.

«Sagten Herr Graf Trüffeln?» Mamsell sah ihn fassungslos an. «Das ist doch nun wirklich das Edelste, was eine Küche zu bieten hat. Und der wertvollste Pilz auf Erden. Allein dieser Duft!» Sie verdrehte entzückt die Augen.

«Mamsell hat völlig Recht», sagte Mutter. «Champignons mit Trüffeln zu vergleichen!»

Vater war pikiert. «Ich weiß, ich weiß. In deinem Elternhaus gehörten sie natürlich zum Stammgericht.»

«Du hast den Kaviar vergessen.» Mutter kam langsam in Fahrt.

Interessiert lauschten wir dem Geplänkel. Aber schon fuhr uns Vater an: «Was steht ihr eigentlich hier rum? Warum seid ihr nicht längst im Stall und spannt die Liese an, damit wir endlich loskönnen? Womöglich kommt uns noch jemand zuvor!»

Aber das war bereits geschehen. Als wir uns mit dem Bretterwagen, beladen mit Kiepen, Körben und einer Zinkwanne, den Koppeln näherten, kam uns im Einspänner eine unserer Tanten vom Nachbargut mit ihren Kindern in schlankem Trab entgegen. Fröhlich winkte sie uns zu. «Fast einen Zentner! Aber ich fürchte, wir haben euch nicht mehr viel übrig gelassen!»

Was durchaus zutraf. Gerade mal ein mickriges Körbchen voll war noch zu finden. Also kehrten wir um, und Vater murrte: «Ich habe Eva noch nie leiden können. Eine präpotente Person.»

«Merkwürdig», sagte Mutter. «Am Familientag hast du dich den ganzen Abend mit ihr glänzend unterhalten.»

«Man ist eben ein höflicher Mensch.» Vater gab der Liese einen Schnitzer, sodass sie sich schwerfällig in Trab setzte.

«Für ein Abendbrot wird es schon reichen», sagte Mutter tröstend. Und das tat es auch, denn Vater hielt uns einen langen Vortrag, was einem alles bei einer Pilzvergiftung blüht: Halluzinationen, Fieber, Bewusstseinstrübung, Brechdurchfall, Kreislaufstörungen und Zersetzung des Gehirns. Er sah uns dabei so durchdringend an, als wollte er feststellen, ob schon Symptome bei uns zu beobachten waren. Tatsächlich brachte er es fertig, uns den Appetit auf die Pilze gründlich zu verderben, obwohl es die ersten Champignons im Jahr waren, die uns Mamsell zum Abendbrot servierte. Vater dagegen aß sie mit Genuss.

Drei Tage später machten wir uns wieder auf den Weg. Diesmal lohnte es sich wirklich. Leider hatte sich Möpschen nicht davon abbringen lassen, uns zu begleiten. Anstatt, wie wir ihm befohlen hatten, bei der Liese zu bleiben, kam er plötzlich über die Koppel getrottet, was die Kühe in größte Erregung versetzte. Sie scharten sich zusammen und kamen auf uns zugestürzt. Zwar hatten sie es nur auf Möpschen abgesehen, aber da der bei uns Schutz suchte, fanden wir es besser, die Beine in die Hand zu nehmen. Als wir das Koppeltor hinter uns schlossen, hatten sie uns schon fast erreicht. «Das war knapp», sagte Vater aufatmend.

Unschlüssig blickten wir auf die in der Koppel zurückgebliebenen wohl gefüllten Körbe.

«Und wer holt die jetzt?», fragte Mutter.

«Die Kinder natürlich», sagte Vater leichthin. «Jetzt, wo Möpschen sich nicht mehr auf der Koppel rumtreibt, sind die Kühe ja ganz friedlich.» Er machte eine scheuchende Bewegung, und sie trotteten davon. «Seht ihr?»

«Die Kinder bleiben, wo sie sind.» Mutter wechselte einen Blick mit Mamsell.

«Immer muss man alles alleine machen.» Vater öffnete seufzend das Koppeltor.

Doch die Stunde seines Triumphes nahte. Auf dem Rückweg begegneten wir Tante Eva in ihrem Einspänner. Vater zog höflich den Hut und rief: «Fast einen Zentner, liebe Eva!»

3 Der unvergessliche Hannibal

Möpschen wälzte sich gerade genüsslich im Garten in dem von uns mühsam zusammengeharkten Laub, und Vater erklärte uns, warum uns nach dem herrlichen Sommer nun ein so schöner Herbst mit besonders buntem Laub beschert wurde: Durch die viele Sonne hätten die Bäume besonders viel Zucker produziert, und daher leuchteten die Blätter jetzt so intensiv. Danach wollte er von uns wissen, wieso das Laub sich überhaupt verfärbte. Glücklicherweise blieb uns eine Antwort erspart, denn Mutter erschien und sagte mit derselben feierlichen Stimme, mit der das Mädchen das angerichtete Diner anzukündigen pflegte: «Herr Ruhnke hat sich angesagt!»

«Oh», sagte Vater.

Mutter tat einen abgrundtiefen Seufzer. «Und ich hatte mir gerade vorgenommen, nach Berlin zu fahren.»

«So viele Neuigkeiten auf einmal», sagte Vater. «Erst Herr Ruhnke und dann du nach Berlin. Von diesem Plan weiß ich ja noch gar nichts.»

«Nun weißt du es.» Mutter dachte gar nicht daran, sich mit Erklärungen aufzuhalten. Sie war ganz mit Herrn Ruhnke beschäftigt, den wir Onkel nennen durften und der eine sehr wichtige Person für Vater war. «Ach, es ist zu ärgerlich. Immer kommt einem was dazwischen.»

«Nun, wir müssen alle Opfer bringen», sagte Vater. «Dafür klingelt's dann aber ordentlich in der Kasse.»

«Bei dir viellicht. Ich hab davon noch nicht viel gemerkt. Wir haben im Haus nur die Arbeit, und Mamsell hat das Vergnügen, sich mit diesem altersschwachen Herd rumzuplagen, damit der Herr an unserem Essen nichts auszusetzen hat.»

«Er ist eben ein Feinschmecker.» Vater legte ihr begütigend die Hand auf die Schulter. «Aber wie ich Mamsell kenne, wird es ihr meisterhaft gelingen, ihn zufrieden zu stellen.»

Doch Mutter war anzumerken, dass sie nicht beruhigt werden wollte, und so verzog er sich mit dem Hinweis, er müsse dringend nach dem Fernglas suchen, das mal wieder nicht an seinem Platz hänge.

«Wahrscheinlich weggeschleppt von dem berühmten Irgendjemand», sagte Mutter spöttisch. Das Fernglas stammte noch vom Urgroßvater, und jedes normale Auge konnte schärfer sehen.

Aber Vater behauptete, er könne damit noch auf fünfzig Meter Entfernung einen Zaunkönig entdecken.

Kaum war Vater gegangen, nahm sich Mutter meinen Bruder vor. «Kind, wie sehen deine Haare aus. Die muss ich unbedingt noch schneiden lassen.»

Er fasste sich unwillkürlich an den Kopf. «Warum das denn?»

«Weil ich keine Lust habe, mir das stundenlange Gedröhne von Herrn Ruhnke anzuhören, wie der Haarschnitt eines deutschen Jungen auszusehen hat.»

«Aber auf keinen Fall in Ferchesar!», sagte mein Bruder beschwörend. Der Dorffriseur konnte nur den Topfschnitt und befeuchtete die Haare, indem er einen Schluck Wasser nahm und ihn über den Kopf des Kunden sprühte.

Wir mochten Onkel Otto, vor dem Mutter sich so grauste, ganz gern. Er brachte uns immer schöne Sachen mit, mir zum Beispiel einen Miniatur-Schokoladenautomaten, aus dem man kleine Schokoladentäfelchen ziehen konnte, wenn man einen Groschen hineinwarf. Letzteres taten leider nur gütige Onkel und Tanten. Die Geschwister hingegen handelten nach dem Familienmotto: Was dein ist, ist auch mein, und was mein ist, geht dich gar nichts an. So fand mein Bruder sehr schnell heraus, wie sich der Automat auch ohne den von mir gehüteten Schlüssel öffnen ließ.

Onkel Otto konnte außerdem ebenso spannende wie anschauliche Geschichten aus seinem Jägerleben erzählen. So erfuhren wir, dass bei den Wölfen die Wölfinnen oft bessere Leittiere seien als die männlichen Tiere, ja auch deren Junge eine Sonderstellung hätten und von der Beute die besten Bissen abbekämen. Das fand meine Schwester phänomenal, und als zwei Vettern und eine Kusine in den Herbstferien zur Vesper erschienen waren, schaffte sie es, uns zum Wolfsrudelspielen zu überreden. Und so rannten wir mit ihr an der Spitze hechelnd durchs Dorf, hinter uns das bellende Möpschen, das nicht recht wusste, was es davon halten sollte. Aufgrund des Tempos, das meine Schwester anschlug, gerieten wir schnell außer Atem und wurden des Spiels überdrüssig, zumal sie von uns verlangte nachzusehen, ob sich in unseren Taschen nicht irgendwo ein Himbeerbonbon oder eine Lakritze verkrümelt hatte, die ihr als Leittier zustand. Da zeigten wir ihr nur einen Vogel und trotteten nach Haus, wo wir uns den Rest des Tages einem der sinnlosesten Kartenspiele meiner Kindheit hingaben, Tod und Leben, bei dem es weder Verlierer noch Gewinner gab.

Inzwischen hatten wir begriffen, weshalb mit

Onkel Otto viel mehr Umstände als mit der Verwandtschaft gemacht wurden. Onkel Otto war ein zahlender Jagdgast und ein großzügiger dazu, der, um einen guten Hirsch zu schießen, nicht knauserte. Vater verriet nie, wie viel so ein Tier an barer Münze einbrachte. Es musste sich aber immer gelohnt haben, denn nach Onkel Ottos Abreise blätterte er meist gedankenvoll in einem kostbare Bäume anbietenden Katalog, spendierte jedem von uns Kindern eine Tüte Himbeerbonbons und beglückte Mutter mit einem hübsch eingepackten Schächtelchen vom Juwelier, das er bescheiden «eine Kleinigkeit» nannte, und mehr war es auch nicht.

Nachdem Onkel Otto also nun wieder ins Haus stand, wurde ein pensionierter Förster angeheuert, der gemeinsam mit Vater einen stattlichen Zwölfender ausmachte, den sie beschatteten, um seine Gewohnheiten herauszukriegen. Währenddessen ließ Mutter das Haus auf Hochglanz bringen und brütete Mamsell über ihren Kochbüchern, um den Gast mit etwas Außergewöhnlichem zu verwöhnen.

Auch wir Kinder hatten unseren Beitrag zu leisten: Wir mussten den Zwinger am Ende des Gartens säubern. Ebenso wie der Herd stammte er noch von anno dazumal, nämlich von unserem Vorgänger im Haus, dem Förster meines Großvaters. Seitdem war der Zwinger nicht mehr benutzt worden und gammelte mit verrosteten Stäben, einer quietschenden Tür, fast ganz vereinnahmt von Schneeball- und Holunderbüschen, Jahr um Jahr vor sich hin. Nur die Hühner kratzten manchmal ein wenig darin herum, Möpschen hielt dort gelegentlich seinen Mittagsschlaf, und wir spielten Affen im Zoo, wobei selbstverständlich ich der einzige Affe war, dem man gütig ein paar Haselnüsse durch die Stäbe reichte. Aber nun wurde der Zwinger dringend gebraucht, denn Onkel Otto kam selbstverständlich mit dem unvergesslichen Hannibal, einem Jagdhund erster Klasse, der bei jedem Wettbewerb die Preise nur so abräumte. Er gehorchte aufs Wort, und wo immer Onkel Otto ihn ablegte, harrte er aus, bis ein bestimmter Pfiff seines Herrn ihn erlöste, egal, wie lange er darauf warten musste. Doch noch erstaunlicher war ein Dressurakt, der uns bei Möpschen nie und nimmer gelungen wäre. Sein Herr warf ihm etwas Fressbares zu, auf das der Hund besonders scharf war. Doch Hannibal rührte es nicht an, bis Herr Ruhnke ihm ein Zeichen gab, indem er mit dem Finger schnippte.

«Ein kluger Hund», sagte Vater bewundernd. «So was hätte ich auch gern.»

«Wofür denn?», sagte Mutter. «Du gehst doch kaum auf die Jagd. Höchstens mal auf Enten.»

«Eben», sagte Vater. «Hannibal apportiert Enten bestimmt erstklassig.»

Mutter lachte. «Bestimmt nicht besser als dein Sohn. Den schickst du doch geradezu mit Wonne bei jeder Temperatur ins Schilf.»

Vater warf meinem Bruder einen schrägen Blick zu. «Tu ich das?»

Mein Bruder nickte anklagend. «Und immer da, wo es die meisten Miesmuscheln gibt, damit ich mir die Füße schön zerschneide.»

Im Wald herrschte inzwischen Hochbetrieb, und die Hirsche waren mächtig zugange. Ihre majestätischen Brunftschreie drangen nachts bis in unser Schlafzimmer.

Der große Nimrod kam angereist, und während Förster Leisegang Onkel Ottos prachtvolle Büchse bewunderte, hatte es uns Kindern mehr seine graue Strickmütze angetan. Sie besaß die Form eines Baumkuchens, war mit einer großen roten Bommel ausgestattet und stammte aus Finnland. Und natürlich zeigten wir größtes Interesse für Hannibal, eine, wie uns der Onkel erklärt hatte, urdeutsche Hunderasse, speziell für die Jagd gezüchtet. Der Onkel war ungeheuer stolz auf ihn, aber er achtete streng darauf, dass er nicht verpimpelt wurde. Denn, wie er uns erklärte, Hannibal war schließlich kein Luxus- oder Modehund. Uns war es daher untersagt, mit ihm herumzualbern, wie wir es mit Möpschen taten, und ihm womöglich Pfötchengeben beizubringen. Herr Ruhnke hatte kaum den Mantel abgelegt, da beauftragte er uns schon, den Hund in den Zwinger zu bringen, was Hannibal traurig, aber gehorsam zuließ, allerdings nicht ohne vorher schnell noch der schwanzlosen Katze einen kleinen Stups zu geben, sodass sie empört aufmauzte.

«Vielleicht könntest du ihm ja Gesellschaft leisten», sagte mein Bruder, während er den Riegel vorschob. «Als Affe warst du doch sehr gut.»

«Wer's sagt, isses selber», sagte ich wütend und ging auf ihn los. Aber da rief uns Mamsell zum Mittagessen, und wir hatten noch nicht die Hände gewaschen und uns gekämmt.

Das Essen konnte sich wirklich sehen lassen. Es gab Huhn nach Moskauer Art, ein Rezept, wie Mamsell uns kundtat, von Ihrer Durchlaucht Elise Erbprinzessin Reuss, jüngere Linie. Auch der Nachtisch, Schlagrahm mit Pumpernickel, war hochadlig und eine Kreation Ihrer Hoheit, der Herzogin Karoline Mathilde zu Schleswig-Holstein. Natürlich gab es nur ein Thema: die Jagd. Aber es ging nicht nur um den Hirsch im tiefen Forst und die Ente auf dem See, sondern auch um Wild in fernen Ländern. Der Onkel war recht eloquent, und so sahen wir vor unserem geistigen Auge die Büffel galoppieren, die Leoparden schleichen, die Bären brummend durch die Wälder trotten und den Fischadler kreisen. Und Vater mahnte mich mehrmals: «Kind, iss!»

Herr Ruhnke, eher ein herrischer Typ mit schneidiger Stimme, zu dem allerdings die gutmütig blickenden braunen Augen nicht recht passen wollten, genoss es sichtlich, dass wir Kinder geradezu an seinen Lippen hingen, bis Mutter sich auf Vaters mahnendes Räuspern hin endlich aufraffte, die Tafel aufzuheben.

Als sich der Himmel fast so bunt gefärbt hatte wie das Laub und der See sich mit einem leichten Nebel bedeckte, marschierten die Herren los, selbstverständlich begleitet von Hannibal, der sich halb totfreute, dem ungemütlichen Zwinger entronnen zu sein. Doch an diesem Abend ließ sich der dem Onkel zugedachte Hirsch nicht blicken. Und so kehrte man unverrichteter Dinge zurück. Man hielt Kriegsrat, und der Gast beschloss, sich am nächsten Morgen in aller Frühe auf einen der Hochsitze in unmittelbarer Nähe des Wildwechsels zu begeben, auf dem der Hirsch gesichtet worden war. So machte sich denn der Onkel vor Tau und Tag auf den Weg. Doch als Vater von seinem morgendlichen Bad im See zurückkehrte, stand sein Gast schon wieder vor der Haustür und begann gleich, ganz außer sich vor

Zorn, auf unseren in seinem Bademantel fröstelnden Vater einzureden. Onkel Otto hatte etwas Ungeheuerliches beobachtet: Während er auf den Hirsch wartete, war plötzlich ein Mann aufgetaucht und hatte doch tatsächlich auf den Wildwechsel gepinkelt! Zwar hatte Vater gleich den Verdacht, dass es der Reviernachbar gewesen sein könnte, der den gegen fremde Gerüche hoch empfindlichen Hirsch hindern wollte, in unseren Wald zu ziehen; er tat jedoch sein Bestes, um Onkel Otto zu beruhigen, und sprach von unglücklichen Zufällen und von ortsfremden Individuen, wie sie sich ja heutzutage leider in den Wäldern herumtrieben. Erst Mamsell gelang es mit Leber à la Veneziana nach einem Rezept aus der Hofküche in Meiningen, die Stimmung zu verbessern, ebenso wie ein plötzlich einsetzender Regen, der die Duftmarke des Übeltäters, wie Vater versicherte, im Handumdrehen beseitigen werde. Aber unser großer Jäger blieb misstrauisch, und seine Nervosität erreichte den Höhepunkt, als Leisegang zackig meldete: «Hirsch im Revier!»

«Hoffentlich bleibt er da nun auch», sagte Vater, der bereits seine Einnahmequelle versiegen sah. Allein mir war es vorbehalten, ihm aus der Klemme zu helfen.

Der Onkel saß finster brütend im Wohnzimmer, und ich versuchte, emsig mit meiner Strickliesel beschäftigt, ihn mit Geschichten aufzuheitern, bei denen meine Familie geschlossen den Raum verlassen hätte. Plötzlich stand der Onkel auf und griff nach einem meiner Zöpfe, um, wie ich annahm, meinen vom Lumpenmann erworbenen Zopfhalter zu bewundern. Stattdessen fragte er, und seine Augen funkelten ganz eigenartig: «Wärst du bereit, mir von deinen herrlichen Haaren einen kleinen Teil zu opfern?»

Als er mein verdattertes Gesicht sah, begann er mir den Grund zu erklären. Ich fand ihn hochinteressant, aber auch recht eigenartig. Er griff in seine Tasche und legte drei Taler auf den Tisch. «Die sind für dich. Aber es bleibt unser Geheimnis. Du musst es schwören.»

Das tat ich mit leichter Zunge. In meiner Familie wurde viel geschworen: «Schwöre mir, dass du es nicht weitererzählst! Schwöre mir, dass du mich nicht verrätst! Schwöre mir, dass du es nicht kaputtmachst!»

Gemeinsam suchten wir nach einer Schere, und dann schnitt er mir von jedem Zopf ein ordentliches Stück ab. Für die drei Taler hätte ich ihm auch gern beide geopfert, denn einen Bubikopf zu haben war mein sehnlichster Wunsch. Meine anfängliche Sorge, die Familie werde mich fragen, was ich mit meinen Zöpfen gemacht hatte, erwies sich als grundlos. Wie immer fiel niemandem etwas auf – wie damals, als mein Bruder sich den Mittelfinger gebrochen hatte. Selbst da musste Lehrer Scheel Vater erst darauf aufmerksam machen.

Einen Tag später fiel der ersehnte Schuss, und Onkel Otto zeigte sich sichtlich erfreut über das herrliche Geweih. Man trennte sich voller Harmonie, und während wir dem davonrollenden Wagen nachwinkten, sagte Vater erleichtert: «Da haben wir ja wirklich noch mal Glück gehabt.»

«Und wem verdankt ihr das?», fragte ich.

«Wahrscheinlich dir», sagte meine Schwester spöttisch.

«Stimmt genau!», rief ich. «Ratet mal, um was mich der Onkel gebeten hat! Das kriegt ihr nie raus.»

«Wollen wir auch gar nicht», sagte meine Schwester.

«Ich schon», sagte Vater. «Also, raus mit der Sprache. Was wollte der Onkel von dir?»

«Haare!», rief ich. «Ein Stück von meinen Zöpfen hat er abgeschnitten. Die hat er gehäckselt und auf den Wildwechsel gestreut.»

«Originelle Idee», bemerkte Vater. «Und bestimmt wirkungsvoller als manches andere. Vielleicht haben den Hirsch die Haare unserer Tochter ja dazu gebracht, in unserem Revier zu bleiben.»

Mein Bruder gab mir einen Puff. «Da hat der Onkel Otto noch richtig Schwein gehabt, dass der Hirsch vor Schreck nicht gleich tot umgefallen ist, so wie deine Haare stinken.»

«Nun lass mal, Junge.» Vater sah mich nachdenklich an. «So wie ich Herrn Ruhnke kenne, hat er sich für deinen Liebesdienst doch sicherlich nicht lumpen lassen.»

Die Höhe des Lohnes ließ die Familie einen Augenblick in andächtiges Schweigen verfallen. Aber es war mir nicht gegönnt, meinen Triumph lange zu genießen.

«Drei Taler», wiederholte Vater. «Dann wird es sicher für dich kein Opfer sein, die obligate Tüte Himbeerbonbons für deine Geschwister zu zahlen. Und», fügte er nach kurzem Zögern hinzu, «dich an dem Geschenk für Mutter zu beteiligen.»

«Du weißt schon, die Kleinigkeit vom Juwelier!», rief mein Bruder.

4 Der Morgenkuss

Diesmal blieb uns der Nennonkel länger als sonst im Gedächtnis. Dafür gab es gleich mehrere Ursachen. Einmal musste er aus geschäftlichen Gründen Hals über Kopf abreisen, sodass wir, bis auf das Geweih, das Wildbret behalten und ganz allein verwerten konnten. Mamsell füllte etliche Weckgläser damit, und wir ließen uns die Hirschkeulen schmecken. Sie waren so köstlich zubereitet, dass Vater, ganz gegen seine Gewohnheit, über die Freuden der Jagd und ihre enge Verbundenheit mit Essen und Trinken philosophierte und plötzlich sogar den Jägerchor aus dem «Freischütz» rezitierte: «Was gleicht wohl auf Erden dem Jägervergnügen, wem sprudelt der Becher des Lebens so reich? Den blutigen Wolf und den Eber zu fällen, der gierig die grünenden Saaten durchwühlt, ist fürstliche Freude, ist männlich' Verlangen, erstarket die Glieder und würzet das Mahl.»

«Mein Gott», sagte Mutter sichtlich beeindruckt. «So lyrisch kenne ich dich ja gar nicht.»

Zu dem herrlichen Mahl kamen noch zwei weitere Dinge: meine drei Taler, die noch Wochen ein beliebter Gesprächsstoff waren, und Hannibal, den Onkel Otto für vierzehn Tage in unserer Obhut gelassen hatte. Um der Wahrheit die Ehre zu geben, sehr gern tat er es nicht. Aber seine Haushälterin war erkrankt, und in eine Hundepension hätte er ihn nie gegeben. Vater versprach ihm hoch und heilig, ein wachsames Auge auf Hannibal und besonders auf uns zu haben, damit wir dieses Prachtexemplar von einem Jagdhund nicht zu einem Knuddeltier degradierten und ihn womöglich mit läppischen Spielen für die Jagd völlig verkorksten.

«Und bitte nur sein gewohntes Futter», sagte Onkel Otto sichtlich besorgt. «Bitte nichts Fettes oder gar Süßes!»

Um vorsichtshalber die Sinne des Hundes für Zweck und Ziel seines Daseins zu schärfen, ging er noch einmal das ganze Programm seiner Dressur mit ihm durch. Er legte ihn für eine halbe Ewigkeit im Wald ab und das ausgerechnet auf einem Ameisenhaufen, was dem etwas kurzsichtigen Herrn Ruhnke wohl entgangen war, sodass nach dem Erlösungspfiff ein sich schüttelnder und sich leckender Hannibal zu ihm zurückkehrte. Er warf unermüdlich das schwere Apportierholz ins Unterholz, aus dem Hannibal es ebenso unermüdlich holte, und hielt ihm vor der Abfahrt noch eine lange mahnende Rede, die sich der Hund, vor ihm sitzend, mit gesammeltem Ernst anhörte. «Hörst du, Hannibal? Mach mir keine Schande!» Er seufzte. «Du bist nun mal das Liebste, was ich habe», was Mutter geradezu «rüüührend» fand und «irgendwie auch erschütternd».

Tatsächlich schien Hannibal seinen gestrengen Herrn zunächst wirklich zu vermissen. Er rannte aufgeregt die Treppe hinauf und hinunter, schnüffelte im Gastzimmer herum und stand oft minutenlang lauschend auf dem Flur, als warte er auf seinen Pfiff. Onkel Ottos Verhaltensregeln schien er sich sehr zu Herzen genommen zu haben. Ja, er ging sogar von allein in den Zwinger, fraß nur aus dem mitgebrachten Napf und nahm jede Nacht gehorsam auf seiner Decke unter dem Lampentisch auf dem Flur Platz. Doch allmählich ging es ihm wie dem braven Kind, das sich irgendwann von den bösen Buben locken lässt. Und die Verlockungen waren groß.

Aus Angst vor Vater hielten auch wir uns zunächst an Herrn Ruhnkes Hunderegeln. Mit dem ständig mahnenden Zuruf «Hannibal, bei Fuß!» liefen wir mit ihm durchs Dorf, bürsteten ihn regelmäßig und verkniffen uns, ihn ein bisschen zu necken, diesen würdigen und nach Onkel Ottos Schilderung einmalig mutigen Hund, der es, wenn es sein musste, mit Bären, Löwen und Wölfen gleichermaßen aufnahm. Eine Heldentat von ihm konnte sogar Vater bezeugen. Hannibal hatte einen angeschossenen Keiler mit rasendem Bellen in Schach gehalten, bis ihm Onkel Otto den Fangschuss geben konnte, eine Geschichte, die wir immer wieder gern hörten.

Aber wie es nun mal bei vielen Helden der Fall ist, saß auch in Hannibal ganz tief versteckt ein Angsthase, und der kam dort zum Vorschein, wo wir es am wenigsten erwartet hätten: Er fürchtete sich vor unserem zugegebenermaßen reichlich angeberischen Hahn und vor dem Brüllen der Kühe, und er entsetzte sich vor dem ausgehöhlten Kürbis, den wir, mit einer Kerze versehen, auf einen Leiterwagen im Hof gestellt hatten. Er knurrte fürchterlich, wenn wir Gespenster spielten, indem wir uns Taschenlampen in den Mund steckten, sodass unsere Wangen rötlich aufleuchteten. Aber am meisten erschrak er vor großen Kissen. Als eines der Mädchen mit einem Kopfkissen unter dem Arm im Flur an ihm vorbeigehen wollte, sprang er vor Schreck fast senkrecht in die Höhe, rannte wie ein Besessener die Treppe hinauf und versteckte sich unter der Wäschemangel.

Das alles war natürlich für uns ein gefundenes Fressen. Wir liefen mit Taschenlampen im Mund hinter ihm her, bis uns die Zähne wehtaten, und schmissen unsere Kopfkissen in der Gegend herum. Aber irgendwann vergaß er die Angst, und es wurde daraus ein herrliches Spiel, zu dem er uns unermüdlich aufforderte und das wir unter Gekreische und Getobe auch nur zu gern mit ihm spielten, was Möpschen dazu veranlasste, seinen Kopf in Mamsells Schoß zu legen, um sich über die Unruhe im Haus zu beklagen. Da fand er volles Verständnis bei Mamsell, die Hannibal schon mehrere Male aus der Küche gejagt hatte.

Das ging eine Weile so, bis Vater uns energisch zur Rede stellte. «Wollt ihr mich etwa ruinieren und mich um eine meiner besten Einnahmequellen bringen?»

Wir schwiegen betreten, und Hannibal legte sich reumütig zu seinen Füßen. Vater stutzte. «Wo um alles in der Welt ist sein Halsband geblieben?»

Wir blickten uns ratlos an und zuckten die Achseln. Es konnte also mal wieder nur der berühmte Irgendjemand gewesen sein. Wir suchten überall, aber das Halsband blieb unauffindbar. Egal, wie es passiert und wer es gewesen war, ein neues musste her. Schließlich hatte man eine Millionärin im Haus, sie würde es bezahlen.

«Ja!», riefen meine Geschwister. «Das ist eine gute Idee!»

«Lasst doch das Kind in Ruhe», sagte Mutter ungehalten. «Und reitet nicht immer auf den drei Talern rum. Außerdem wird es sich nicht so leicht ersetzen lassen. Es hat nämlich Tradition. Hannibals Vater hat es bereits getragen. Und außerdem hat es silberne Beschläge.»

Vater sagte: «Das kommt nur davon, weil der Hund sich angewöhnt hat herumzustromern und überhaupt völlig undiszipliniert geworden ist.»

«Hannibal? Niemals!», riefen wir.

Aber leider hatte Vater Recht. Wenn Hannibal nicht mit uns herumtobte, war er auf der Suche nach etwas Fressbarem, denn längst hatte er Geschmack an allem gefunden, was für ihn nicht unbedingt bekömmlich war. Er wuselte überall im Dorf herum und steckte seine Nase in die mit Essensresten wohl gefüllten Katzennäpfe. Unter dem Lampentisch schlief er schon längst nicht mehr. Er war eines Abends, seine Decke hinter sich herschleifend, bei meinem Bruder im Zimmer erschienen und hatte sich dort neben seinem Bett niedergelassen. Jedoch, wie sich herausstellte, nur vorübergehend. Sobald Mutter gute Nacht gesagt hatte, machte er es sich im Bett bequem. Jeden Morgen begrüßte er uns vor Freude mit einer ganzen Tonskala, sprang an uns hoch und gab uns blitzschnell einen Kuss auf die Wange. Er brachte es allmählich fertig, den etwas indolenten Bernhardiner in Schwung zu bringen, sodass auch der anfing, wie ein Windhund durch die Gegend zu stürmen und sogar den vergeblichen Versuch machte, an einem herunterhängenden Ast zu schaukeln. Mit Möpschen im Gefolge rannte Hannibal zum See hinunter, in dem Vater fröstelnd seine Kreise zog. Sie sahen ihm interessiert zu, wie er sich am Kahn hochhievte, um sich abzutrocknen. Vater beschwerte sich bei Mutter über diese unangebrachte Vertraulichkeit.

«Dann musst du dir eben eine Badehose anziehen», sagte Mutter.

«So weit kommt es noch», murrte Vater.

Aber Hannibal war auf uns nicht angewiesen. Er hatte seit kurzem einen neuen Spielgefährten, einen jungen Igel. Er schleppte ihn gern im Maul herum und setzte ihn dann irgendwo im Haus ab, nicht gerade zu jedermanns Freude, denn der Igel war inzwischen so zahm, dass er sich nicht mehr zusammenrollte, sondern seelenruhig unsere Räumlichkeiten erforschte und uns nachts mit merkwürdigen Geräuschen weckte. Nachdem Vater zweimal über ihn gestolpert war, verbat er sich diesen Unfug und befahl uns, das Tier unverzüglich zu entfernen. Hinter Hannibals Rücken brachten wir es in den Wald, und der Hund war zwei Tage lang damit beschäftigt, seinen Igel zu suchen.

Der Tag rückte näher, an dem Herr Ruhnke Hannibal wieder abholen wollte. Vater betrachtete nachdenklich die beiden spielenden Hunde, die über die Wiese tobten, Hannibal voran, Möpschen in schwerfälligem Galopp hinterher.

«Mein Gott, der Ruhnke wird seinen Hund nicht mehr wiedererkennen.» Er machte ein sorgenvolles Gesicht. «Das kann ja heiter werden. Und dann noch das Halsband. Sollten wir nicht doch ein neues besorgen?»

«Du kennst doch Ruhnke», sagte Mutter. «Irgendwas Einfaches vom Sattler wird ihm bestimmt nicht gefallen. Es ist besser, wir suchen es mit ihm zusammen aus.»

«Also gut, warten wir erst mal ab», sagte Vater. Er befahl uns, den Hund endlich wieder richtig zu bürsten. «Das Tier ist ja voller Kletten.»

Und dann beschloss er, unseren Liebling zur Vorbereitung auf seinen Herrn mal richtig ranzunehmen. Als Erstes sollte er wieder in den Zwinger gesperrt werden, damit er in Ruhe über die Pflichten eines Jagdhundes nachdenken konnte. Hannibal war außer sich und sträubte sich mit allen vier Pfoten. So beschlossen wir, dass ihm Möpschen Gesellschaft leisten sollte. Doch da hatten wir die Rechnung ohne den Wirt gemacht, der Bernhardiner dachte gar nicht daran. So viel wir auch zogen und zerrten, er weigerte sich, seinen Korb zu verlassen, bis Mamsell sich energisch das Gerangel verbat und uns aus der Küche schmiss. Als wir Hannibal endlich im Zwinger hatten, benahm er sich wie ein Rasender. Er jaulte, winselte und bellte, und es dauerte lange, bis er schließlich resignierte und ergeben darauf wartete, dass wir ihn wieder erlösten.

Das taten wir nicht, sondern es war Vater, der die Zwingertür öffnete. «Die schönen Tage von Aranjuez sind nun vorüber. Als Jagdhund hat man eben seine Pflichten.»

Das Tier schien Vaters Worte zu verstehen. Jedenfalls zeigte es sich mustergültig und verhielt sich nach Vaters Auskunft ganz waidmännisch. Vater war sehr erleichtert, dass alles noch so gut klappte. Der Hund stand vor, wenn er im Gebüsch einen Fasan witterte, ging artig bei Fuß, blieb ohne einen Ton der Klage dort liegen, wo man es ihm befahl, und apportierte vorschriftsmäßig. Trotzdem sahen wir Onkel Ottos Ankunft etwas bänglich entgegen.

Hannibal begrüßte ihn freudig, aber mit angemessener Würde, und Herr Ruhnke gab ihm ein paar herzhafte Klapse. In dem dämmerigen Flur schien ihm der Verlust des Halsbandes nicht gleich aufzufallen. Vater schlug hastig einen kleinen Waldspaziergang vor. «Im Revier treibt sich ein starker Keiler herum.»

Herr Ruhnke war sofort Feuer und Flamme. Vater gab meinem Bruder einen Wink. «Du kommst mit. Von Herrn Ruhnke kannst du viel lernen. Am besten, du gehst schon mit dem Hund voraus. Wir haben noch einiges zu besprechen.»

Vater hatte den Mund mit seiner Ankündigung ein wenig voll genommen. Nichts rührte sich im Revier. Nur ein Hase kam über die Lichtung gehoppelt, und unser Gast schoss auf ihn, obwohl Vater meinte, es sei dafür schon reichlich dunkel. Tatsächlich war auch nicht mehr auszumachen, ob er ihn getroffen hatte oder nicht. Hannibal wurde losgeschickt und kam kurz darauf mit der Beute auf die beiden Männer zugetrabt.

«Merkwürdig», sagte Vater. «Der Hase kam mir vorher viel größer vor.»

Hannibal setzte sich artig und legte seinem Herrn das Wild vor die Füße. Onkel Otto starrte völlig entgeistert darauf.

«Das ist ja ein Igel!», rief er.

Hannibal hechelte stolz, während der Igel sich nicht, wie zu erwarten, ängstlich zu einer Kugel ballte, sondern gemächlich davontrippelte.

Onkel Otto stöhnte. «Demnächst apportiert er

noch Frösche und Schlangen! Das ist ja unglaublich!» Und jetzt fiel ihm auch auf, dass das Halsband fehlte.

«Das muss er eben verloren haben. Wird äußerst schwierig sein, es wiederzufinden», sagte Vater, bemüht, sich seine große Erleichterung nicht anmerken zu lassen. «Aber die Kinder können ja morgen trotzdem danach suchen.»

«Das schöne Halsband», sagte Onkel Otto betrübt. «So viele Erinnerungen sind damit verknüpft. Hannibals Vater war ja schon ein exzellenter Jagdhund.»

Vergeblich versuchte Vater, ihn ein wenig aufzuheitern, und auch Mamsells Taubenpastete vermochte die Stimmung nicht zu verbessern.

Am Abschiedstag zeigte sich der Herbst noch einmal von seiner besten Seite. Die gleißende Sonne am hohen Himmel, an dem sich dicke weiße Wolken zu bizarren Mustern türmten, brachte das bunte Laub zum Leuchten. Onkel Otto war beeindruckt.

«Diese Weite, diese Ruhe. Wirklich ein schönes Stückchen Erde», sagte er, während er mit Vater durch den Garten ging. Sein Blick fiel auf den Zwinger und die beiden Hunde, der eine drin, der andere draußen.

«Die beiden haben wohl Freundschaft geschlossen», bemerkte er und ging hinüber. Hannibal saß direkt an der Zwingertür und sah ihn an. Etwas in seinem Blick musste Herrn Ruhnkes Ansicht, wie ein Jagdhund zu behandeln sei, ins Wanken gebracht haben.

«Am letzten Tag sollte man ihm vielleicht mehr Freiheit gönnen», sagte er entschuldigend zu Vater und öffnete die Tür. Hannibal schoss heraus, und ehe Onkel Otto es sich versah, sprang er an ihm empor und gab ihm einen Kuss. Dann verschwanden beide Hunde wie der Blitz.

«Na so was!» Herr Ruhnke berührte fassungslos seine Wange.

«Die Liebe eines Hundes ist mehr wert als das kostbarste Halsband», sagte Vater.

Onkel Otto nickte. «Wie wahr.» Und dann sahen sie den beiden zu, wie sie über die Wiese jagten und ein paar im Gras herumhüpfende Nebelkrähen erschreckten.

5 Ordnung ist das halbe Leben

Wir vermissten Hannibal sehr, vor allem seinen Morgenkuss, und so packte uns der Ehrgeiz, auch Möpschen zu einem erstklassigen Jagdhund zu erziehen. Mit dem gellenden Ruf «Bei Fuß! Bei Fuß!» rannten wir ihm im Wald hinterher. Doch Möpschen sah uns nur mit schief geneigtem Kopf an und lief geschäftig schnüffelnd von Baum zu Baum. Anstatt wie angewurzelt stehen zu bleiben, wenn er Wild witterte, raste er mit lautem Gebell durch die jungen Kiefernpflanzen. Auch von Apportieren konnte keine Rede sein, und er knurrte empört, als wir von ihm verlangten, seine geliebte Lutschstange, einen ausrangierten hölzernen Kochlöffel, loszulassen. Der Höhepunkt unserer Dressurversuche, nämlich, nur auf ein bestimmtes Zeichen hin fressen zu dürfen, überschritt sein Fassungsvermögen, und er floh leise winselnd zu Mamsell. Die schnauzte uns an, wir sollten ihn gefälligst in Ruhe lassen. Ein Bernhardiner sei nun mal kein Jagdhund, sondern dazu ausersehen, von Lawinen verschüttete Menschen auszubuddeln, worauf Möpschen ihr dankbar seine Pfote reichte. Mamsell streichelte sie. «Seht ihr, Pfötchengeben kann Hannibal nicht.»

Dann traten andere, wichtigere Dinge in den Vordergrund, und Hannibal geriet vorübergehend in Vergessenheit. Ebenso wie im Frühjahr brach auch im Herbst regelmäßig eine gewisse Hektik aus, da alles für den Winter vorbereitet werden musste. Die Doppelfenster wurden wieder eingehängt und dort, wo es besonders zog, mit Wolldecken abgedichtet. Das Eingemottete wurde ausgemottet und zum Lüften ins Freie gehängt, die Mauselöcher wurden zugestopft, die Regenrinnen von Blättern gesäubert, Reusen und Aalkörbe in den Schuppen verstaut und die Öfen nachgeprüft, ob sie auch den rechten Zug hatten. «Ich hoffe nur, es ist genug trockenes Holz im Schuppen», sagte Mutter.

«Mit dem Heizen hat es Zeit», sagte Vater. «Noch haben wir ja herrliche Herbsttage.» Mutter erinnerte ihn daran, dass es letzte Nacht bereits Raureif gegeben habe.

«Wirklich?», sagte Vater erstaunt. «Das ist mir gar nicht aufgefallen. Das Wasser im See hat noch sehr angenehme Temperaturen. Lauwarm, möchte man sagen.»

Mutter gab sich erst einmal zufrieden. Aber

nicht für lange. Als wir drei Kinder den ersten Stockschnupfen bekamen, sprühten die Funken, und Vater sagte zu uns, wie immer bei solchen Auseinandersetzungen: «Mutter ist heute sehr nervös. Seid nicht so laut.»

Kurze Zeit danach empfing uns, als wir von draußen hereinkamen, wohlige Wärme, allerdings nur im Wohnzimmer.

Da Mutter gerade so gut in Fahrt war, trug sie auch gleich eine kleine Meinungsverschiedenheit mit Mamsell aus, wobei sie leider wie häufig den Kürzeren zog. Mutter hätte gern gehabt, dass wir endlich einmal das taten, worum sie uns seit Tagen, ach, seit Wochen bat: aufzuräumen. Unsere Unordnung sei geradezu erschreckend. Im ganzen Hause gebe es kaum noch eine Ecke, in der wir nicht unsere Spuren hinterließen und die merkwürdigsten Dinge zu finden seien: Angelhaken im Nähkästchen, Dominosteine zwischen ihrem Briefpapier und in der Berliner Vase auf dem Flügel Mikadostäbchen, Knetgummi und Haarklemmen. Auch müsse man sich ernsthaft fragen, was Zopfstangen zwischen den Bestecken und Kasperlefiguren in der Vitrine mit den kostbaren Wappengläsern zu suchen hätten. Chaos, wohin man blickte: Schuhe ohne Schnürsenkel hinter der Truhe, zerbrochene Flitzbogenpfeile auf der Hutablage, in einer trüben Flüssigkeit schwimmende Wasserflöhe in der Vorratskammer und überall, wo man hintrat, Bausteine unserer Ritterburg oder aus dem Stabilbaukasten. An die Schränke wolle sie erst gar nicht denken. Rausgezogen und wieder reingestopft, darin seien wir Meister.

Mamsell ging auf Mutters Klagen nicht ein. Sie machte ihren spitzen Mund und meinte: «Frau Gräfin hätte eben das Kinderfräulein nicht so früh entlassen dürfen. Bei der herrschte noch Zucht und Ordnung.»

Mutter war da anderer Meinung. «Na, es ging so. Alles in allem hat sie die Kinder mehr verwöhnt als erzogen. Besonders dich.» Sie warf mir einen unfreundlichen Blick zu. Leider hatte sie Recht, deshalb trauerte ich meiner Nanna noch redlich nach. Nie wieder hatte ich ein so schönes Leben wie bei ihr gehabt. Sie ließ mich das Haar offen tragen, bürstete es mehrmals am Tag und nannte mich ihre süße Puppe. Wenn meine Geschwister mich drangsalierten, nahm sie mich sofort in Schutz und las ihnen die Leviten. Obwohl längst alt genug, wurde ich von ihr noch von Kopf bis Fuß angezogen, ich brauchte ihr nur meine Ärmchen und Beinchen entgegenzustrecken. Erst als sie uns verlassen hatte, kam die Wahrheit ans Licht, nämlich, dass ich weder imstande war, meine Schuhe zuzubinden und Mantel und Jacken zuzuknöpfen, noch gelernt hatte, meine Zöpfe zu flechten. Vater beobachtete mit Interesse, wie ich meinen rechten Fuß in den linken Schuh zwängte, und fragte: «Ist sie vielleicht schon wieder die Kellertreppe runtergefallen und hat was davon zurückbehalten?»

Mutter, die sofort gekränkt war, wenn jemand etwas an uns auszusetzen hatte, sagte nur kurz: «Natürlich nicht. Die Sache mit der Kellertreppe ist doch nun schon ein halbes Jahr her.»

«Ein Kinderfräulein», wiederholte Mamsell. «Dann brauchen wir uns um solche Lappalien wie herumliegende Sachen nicht den Kopf zu zerbrechen. Jetzt, bei dem trockenen Wetter, gibt es Dringenderes zu tun. Der Kohl muss rein, damit wir endlich zu unserem Sauerkraut kommen. Beim Raspeln und Einstampfen könnte ich die Kinder gut gebrauchen, wo wir nur noch ein Mädchen haben.» Sie sah Mutter vorwurfsvoll an.

«Ich tue, was ich kann», verteidigte sie sich. Sie lag mal wieder mit Vater im Clinch, der zwei Mädchen für Luxus hielt und ganz glücklich darüber war, dass eine von ihnen geheiratet hatte.

Wir waren natürlich auf Mamsells Seite. Wie üblich hatten wir zum Aufräumen nicht die geringste Lust und boten deshalb selbstlos unsere Hilfe an. Mutter gab seufzend nach. Und so schleppten wir die Kohlköpfe in die Küche, raspelten mit Feuereifer, füllten Tontopf um Tontopf und stampften das eingesalzene Kraut mit unseren Fäusten so lange, bis sich die nötige Lake gebildet hatte und unsere Knöchel feuerrot waren. Leider ging das Ganze schneller voran, als wir dachten. Daher lieferte uns Mamsell mit großzügiger Geste wieder Mutter aus. «Wir sind ja fast fertig, Sie können sie haben.»

«Wie nett von Ihnen», sagte Mutter säuerlich und scheuchte uns anschließend schlimmer, als Vater es je fertig gebracht hätte. Sie warf uns den Inhalt von Schränken und Kommoden vor die Füße, und wir mussten alles tadellos wieder einräumen. Murrend folgten meine Schwester und ich ihren Befehlen, legten Wäsche und Pullover Kante auf Kante und hängten Kleider und Blusen ordentlich auf. Zwischendurch schaute Vater herein und ergötzte sich an unserem Fleiß. Doch statt mitfühlender Worte bekamen wir wieder mal zu hören, wie streng es mit der Ordnung im Kadettenkorps zugegangen sei. Einer beim Appell ohne Handschuhe erwischt, und schon durften die anderen auch keine anziehen, und das bei zwanzig Grad unter Null. Er warf einen Blick auf unsere Betten. So schlampig hätte es bei ihnen im Schlafsaal niemals aussehen dürfen. Bis heute sitze ihm jeder Griff noch in Fleisch und Blut.

«Warum machst du dann deins nicht selber?»,

fragte Mutter mit dem gewissen Unterton, den Vater uns gegenüber gern als nervös bezeichnete. «Du würdest uns viel Arbeit abnehmen, jetzt, wo wir nur noch ein Mädchen haben.»

Vater meinte eilig, er wolle uns nicht weiter stören, er müsse dringend an seinen Schreibtisch zurück, und verzog sich.

Zum Schluss sah dann doch alles sehr proper aus: Die Schuhe standen in Reih und Glied, die Kleidungsstücke hingen geordnet im Schrank, die Puppen lagen nicht mehr kreuz und quer auf dem Stuhl herum, sondern saßen kerzengerade dort, wo sie hingehörten, und die Steine der verschiedenen Gesellschaftsspiele waren wieder richtig sortiert. Auch im Zimmer meines Bruders hatte sich das Chaos aus Radiergummis, Bleistiftstummeln, Tapetenkleister, Zinnsoldaten, Briefmarken, Zigarettenbildchen, Schraubenziehern, kleinen und großen Nägeln, Heftzwecken und anderem Krimskrams einigermaßen gelichtet.

«Seht ihr», sagte Mutter zufrieden, «es sieht doch gleich sehr viel gemütlicher aus. Ja, Ordnung ist nun mal das halbe Leben.» Ihr durch das Zimmer schweifender Blick blieb am Nachttisch meines Bruders hängen, auf dem in musterhafter Ordnung als Einziges eine Kerze stand. Ein kurzer Blick in die Schublade überzeugte sie, dass auch die jetzt tadellos aufgeräumt war.

«Und was ist mit dem Nachttopf?», fragte Mutter.

«Was soll damit sein?», sagte mein Bruder mürrisch. «Den benutze ich doch schon lange nicht mehr.»

Meine Schwester und ich kicherten, aber wir hielten den Mund. Den Nachttopf benutzte er vielleicht nicht mehr, aber dafür bestimmt manchmal den Eimer, besonders im Winter, wenn er keine Lust hatte, den eiskalten Flur entlang zum Klo zu gehen.

Mutter zog das Türchen im Nachttisch auf und holte den Nachttopf heraus, der voll gestopft war mit Dingen, die nicht unbedingt hineingehörten und deren Besitz meinen Bruder in Schwierigkeiten bringen konnte: Tesching- und Schrotpatronen, Streichhölzer und in einem Säckchen aufbewahrte zerkrümelte Zigarren, eine von Vaters Pfeifen, ein Messer, das Vater ihm abgenommen hatte, weil er es zu scharf fand, und das wundersamerweise zu ihm zurückgekehrt war, ein Päckchen Wunderkerzen, zwei von Silvester übrig gebliebene Knallbonbons, ein Brennglas und vieles, vieles andere. Mutter kam aus dem Staunen nicht heraus. Dann rief sie plötzlich: «Was ist das denn?» Und was hielt sie in der Hand? Hannibals Halsband.

Das Familiengericht trat zusammen, und es

kam die große Beichte. Besonderes Missfallen erregte bei Vater das zutage gekommene Halsband. «Nun mal raus mit der Sprache, Junge!»

Mein Bruder hatte es noch kurz vor Onkel Ottos Abreise im Pferdestall gefunden.

«Aber um Himmels willen!», rief mein Vater. «Warum hast du es nicht abgegeben? Was hast du dir dabei gedacht?»

«Ich dachte», sagte mein Bruder mit etwas zittriger Stimme, «lass fahren dahin. Nun kann dich Onkel Otto nicht an die Leine nehmen, wenigstens für ein paar Tage. Und du hast doch gesagt, die Liebe eines Hundes ist mehr wert als jedes Halsband.»

«Auch wieder wahr, Junge», sagte Vater. «Aber nun möchte ich auf die Patronen zurückkommen ...»

6 Möpschens Geheimnis

Die Kröte unter dem Ausguss hatte uns verlassen. Sie hatte sich bestimmt einen ruhigeren Platz zum Winterschlaf als ausgerechnet unsere Küche gesucht, wo sie nicht mehr Gefahr lief, dauernd von Möpschen besabbert zu werden. Aber im Frühjahr, da waren wir uns sicher, würde sie sich wieder einfinden.

Weder Fliegen, Wespen noch Schmetterlinge ließen sich mehr blicken, nur ab und zu kroch noch ein verirrter Marienkäfer über das Fensterbrett, oder ein Pfauenauge saß auf der Gardinenstange. Die Igel waren damit beschäftigt, sich an geeigneter Stelle im Garten ein Nest zu bauen und murksten lange herum, bis sie sich in einem Laubhaufen zusammengekuschelt hatten. Kurzum, die Natur begab sich zur Ruhe, bis auf Möpschen allerdings, der sich seit neuestem das Herumtreiben angewöhnt hatte. Auch wir wären lieber im Bett geblieben, anstatt bei Kerzenlicht im kalten Zimmer fröstelnd zur Waschschüssel zu tappen, wo wir uns, wenn niemand aufpasste, mit Katzenwäsche begnügten. Selbst Vater gab zu, dass er sich jetzt jeden Morgen erst einen Ruck geben müsse, bevor er zum See lief und hineinsprang, trotz der «angenehmen» Wassertemperatur. Aber allmählich gewöhnten wir uns an sumpfige Wiesen, Matsch und viele Pfützen und ständig tropfende Bäume und Sträucher, an denen wir uns Hände und Mäntel grün färbten, wenn wir Zweige für Flitzbogen abschneiden wollten oder auf ihnen herumkletterten. Unsere gut mit Tran eingefetteten Schmierstiefel schützten uns zwar vor nassen Füßen, trotzdem war Mutter ständig besorgt, wir könnten uns eine Blasenentzündung holen. Wir wurden ermahnt, uns nicht auf kalte Steine zu setzen und, sobald wir hereinkamen, Strümpfe und Schuhe zu wechseln.

Nach den Schularbeiten trieben wir uns gern bis zum Abendbrot draußen herum, weil, wie uns schien, in dieser Jahreszeit die Erwachsenen geradezu davon besessen waren, uns ihre meist außerordentlich langweiligen Weisheiten mitzuteilen. So fand Mutter plötzlich, dass meine Schwester und ich unbedingt lernen müssten, wie ein hübsch gedeckter Tisch auszusehen habe. Sie erklärte uns, wie man ihn auf verschiedene Arten schmücken könne und dass die Blumengestecke niemals dem Gast vis-à-vis den Blick versperren dürften. Ebenso wichtig wie ein schneeweißes, gut gestärktes Tischtuch sei auch die richtige Anordnung von Tellern, Gläsern und Bestecken. Sie tadelte unsere Angewohnheit, Messer und Gabeln wie Mikadostäbchen auf den Tisch zu werfen, und zeigte uns die verschiedenen Möglichkeiten, eine Serviette hübsch zu falten. Meine Schwester und ich versuchten uns an dem Modell Schwan. Wir mühten uns redlich, doch wir brachten nichts Rechtes zustande, und die Serviette sah zum Schluss aus, als käme sie direkt aus dem Korb für schmutzige Wäsche.

«Na ja», sagte Mutter abwesend und betrachtete stirnrunzelnd einen völlig verbogenen Teelöffel. «Was nicht ist, kann ja noch werden. Aber vielleicht erklärt mir jemand, was mit diesem Löffel passiert ist. Ausgerechnet mit einem so wertvollen. Der ist mindestens schon zweihundert Jahre alt. Sicher hat ihn euer Bruder wieder mal als Schraubenzieher benutzt. Es ist nicht zu glauben, wie wenig Achtung man in diesem Haus vor schönen Dingen hat!» Wenn sie und Mamsell nicht dauernd hinterher seien, könnten wir bald mit Blechlöffeln essen.

Kaum hatten wir diese Belehrung überstanden, schnappte uns Mamsell, bei der wir uns nur arglos erkundigen wollten, was es denn Gutes zum Abendbrot gebe. Ohne unsere Frage zu beantworten, bezichtigte sie uns, wir hätten uns an die Kekse herangemacht. Natürlich wiesen wir ihre Unterstellung empört zurück. Merkwürdigerweise glaubte sie uns, obwohl es ja durchaus hätte sein können. Sie vertiefte sich weiter in ihr Kochbuch, denn ein Diner stand bevor, und wir hingen noch ein wenig in der Küche herum in der Hoffnung, sie würde etwas Süßes spendieren. Aber sie dachte nicht daran. Stattdessen erklärte sie uns die goldenen Regeln der Speisenfolge: So lang auch die Menü-Karte sei, kein Gericht dürfe an das andere erinnern. Für sie stehe die Suppe immer noch an erster Stelle, natürlich nur eine ganz leichte, die den Magen anrege, ohne ihn zu beschweren, eine klare Bouillon vielleicht. Bei ihrer früheren Herrschaft habe man vor der Suppe noch Austern gereicht oder Kaviar.

Austern und Kaviar waren uns schnurz, aber bei der Aufzählung des Desserts leckten wir uns die Lippen. Trotzdem war mit all diesen Herrlichkeiten natürlich unsere Frage nach dem Abendbrot noch nicht beantwortet. Doch wenn Mamsell sich so intensiv mit solchen Köstlichkeiten beschäftigte, hatte sie bestimmt etwas Gutes in petto. Stattdessen fing sie zu unserer großen Enttäuschung an, uns auseinander zu setzen, wie ein guter Kohlkopf beschaffen sein müsse. Ohne uns um ein höfliches Zuhören zu bemühen, verließen wir sofort die Küche.

Mein Bruder, der sich so gekonnt davor gedrückt hatte, von Mutter in die Kunst eines hübsch gedeckten Tisches eingeführt zu werden, war dafür in die Fänge meines Vaters geraten, weil dieser ihn dummerweise dabei ertappte, als er sich gerade mal wieder einen Bleistift von seinem Schreibtisch nehmen wollte. «Der Bleistiftklauer ist wieder unterwegs», sagte Vater.

Um ihn abzulenken, machte mein Bruder den Fehler, sich nach einer uralten, aber leider kranken Eiche zu erkundigen, die Vater gerade zu retten versuchte, worauf Vater ihm sofort einen Vortrag über Soll und Haben hielt und mit wie vielen Festmetern geschlagenem Holz er im Jahr rechnen müsse, um einigermaßen über die Runden zu kommen. Mein Bruder trat ungeduldig von einem Bein aufs andere, weil es ihn zu seinen Zigarettenbildchen zurückzog, die er sortieren und einkleben wollte, eine fast komplette Sammlung von Orden sämtlicher Länder. Er murmelte etwas von Schularbeiten, aber bei solchen Ausreden hörte Vater gar nicht hin. Vom Holzeinschlag kam er nun auf den langen trockenen Sommer, der dem Wald sehr zugesetzt habe, fast so schlimm wie die Rüsselkäfer. Man könne von Glück sagen, dass es nicht wie häufig noch an irgendeiner Ecke gebrannt habe. Außerdem seien die Holzpreise im Keller. «Also, ich weiß wirklich nicht, wie ich das alles bezahlen soll, den ganzen Haushalt hier.»

«Du machst das schon», sagte mein Bruder, Vater kopierend, der diesen Satz ein Dutzend Mal am Tage gebrauchte, und verdrückte sich.

Wegen all dieser Belehrungen und aus anderen Gründen, wozu auch gehörte, dass Vater sehr empfindlich auf laute Streitereien reagierte, zogen wir den Aufenthalt außerhalb des Hauses vor. Wir spielten bei Regenwetter in der Scheune und in der Remise zwischen den Kutschwagen und sahen im Stall beim Melken zu. Während des Kutschers Frau das Euter säuberte und den Schwanz der Kuh festband, erzählte sie uns die Leidensgeschichte einer Kusine. Die habe die Angewohnheit, das Brot beim Schneiden so fest an die Brust zu drücken, dass nun eine Brustentzündung entstanden sei, und meine Schwester sagte ganz erleichtert, wir hätten ja Gott sei Dank eine Brotmaschine. Gemeinsam sangen wir mit der Kutschersfrau voller Inbrunst: «Harre meiner Seele, harre des Herrn», unterbrochen von ihren gelegentlichen Flüchen und Ermahnungen an die unruhige Kuh: «Wirste wohl stille stehn, du Aas.» Wenn dann die Milch gemolken, durchgeseiht und in den Keller gebracht worden war, begaben wir uns eine Tür weiter zu den Pferden, wo der Kutscher die Boxen einstreute und die Pferde tränkte und fütterte. Er war ein wurzliger Mann, der schnell in Rage geriet, wenn ihm etwas nicht passte. Wir setzten uns auf die Futterkiste und lauschten mit angenehmem Gruseln seinen wahrscheinlich meist erfundenen Schauergeschichten, in denen es nur so von verschwundenen Kindern, Zopfabschneidern und Hundefängern wimmelte. Diesmal servierte er uns etwas besonders Schreckliches. Er erzählte uns von einem Terrier, natürlich keinem reinrassigen, den er als kleiner Junge besessen hatte und der wie alle Promenadenmischungen besonders klug und anhänglich war.

«Nu ma runter von der Futterkiste. Ich muss an den Hafer ran!» Wir gehorchten eilfertig, und er fuhr fort: «Das war noch im Krieg, da gab's kaum was zu essen, nur Wassersuppe und Steckrüben. Mein Gott, was haben wir für 'n Kohldampf gehabt! Und plötzlich war der Hund weg. Na, ihr werdet schon wissen, was passiert ist.»

Wir schüttelten die Köpfe.

«Nee?» Er machte eine wirkungsvolle Pause und mischte sorgfältig Hafer und Häcksel in der Schwinge.

«Sicher war es der Hundefänger», sagte meine Schwester.

Er lächelte uns diabolisch an. «Nix Hundefänger. Meine Mutter hat 'n Sonntagsbraten aus ihm gemacht.»

Ich stürzte aus dem Stall, meine Schwester hinterher. Draußen heulte ich los. «Vielleicht passiert das mit Möpschen auch.»

Meine Schwester tippte sich an die Stirn. «Du bist ja malle. Knöpf dir lieber den Mantel zu.»

«Hundefänger gibt es überall!», rief ich. «In Ferchesar war auch schon mal einer. Möpschen hat doch da 'ne Braut!»

«Was du nicht sagst.« Meine Schwester zeigte sich interessiert. «Seit wann denn?»

«Schon 'ne Weile.»

«Und woher weißt du das?»

«Von Mamsell.»

«Mamsell, Mamsell, was weiß denn die?»

«Alles», sagte ich im Brustton der Überzeugung.

«Da kann ich ja nur lachen.»

Schubsend und zankend rannten wir über den Hof, wobei ich, wie häufig im Dunkeln, über eine Deichsel stolperte und lang hinflog.

Im Flur empfing uns Mutter mit einer Strafpredigt. «Ihr seid ja reichlich spät dran. Wir warten schon mit dem Abendbrot auf euch.»

Auch Vater zeigte sich verstimmt und rühmte wieder einmal die Pünktlichkeit als höchste aller preußischen Tugenden, mit der er es selbst allerdings auch nicht sehr hatte. Wir fanden, von uns aus hätten die Eltern ruhig mit dem Abendbrot anfangen können, denn es gab die verhasste Brotsuppe, und damit ja nichts übrig blieb, gleich zwei volle Teller für jeden.

Mutter ließ sich breitschlagen, uns nach dem Abendbrot vorzulesen. Das Buch hieß «Heimatlos», und wir kannten es schon in- und auswendig, aber das störte uns nicht. Sogar mein Bruder ließ sich herab, uns beim Zuhören Gesellschaft zu leisten, obwohl er das Ganze ein paar Minuten vorher als Kinderkram abgetan hatte. Das Buch begann mit dem Satz: «Meine Eltern kenne ich nicht», was mir sofort die Tränen in die Augen trieb. Mutter war gerade an jener Stelle, wo böse Wölfe sich über zwei kleine Hunde hermachten, als Mamsell ins Zimmer kam, meine Schwester und mich ansah und mit vorwurfsvoller Stimme, so, als hätten wir etwas Verbotenes mit dem Bernhardiner angestellt, fragte: «Habt ihr Möpschen gesehen? Ich kann ihn nirgends finden.»

Mein Bruder vermutete ihn bei seiner Braut, und Vater meinte, er habe womöglich das Wildern angefangen und vom Jagdpächter eine Ladung Schrot verpasst bekommen. Ich aber sah es sofort deutlich vor mir: Möpschen in der Schlinge des Hundefängers zappelnd und vielleicht bereits zu Wurst verarbeitet. Mir wurde schlecht.

«Immer auf den guten Teppich», sagte Vater ärgerlich.

Natürlich kam ich sofort ins Bett. Für den nächsten Tag wurde mir Fasten verordnet. Aber Mamsell fand, dass etwas Stärkendes passender sei, und sie brachte mir ein Hoppelpoppel mit einem Schuss Rotwein.

Als ich am folgenden Tag in die Küche kam, lag Möpschen friedlich in seinem Korb und ließ mich wissen, dass er in Ruhe gelassen werden wollte. So gab ich es auf, ihn zu kraulen, und fragte: «Wer hat ihn denn gefunden?»

«Selbstverständlich ich», sagte meine Schwester selbstgefällig. «Du hattest mal wieder die Remise aufgelassen, und da ist er wohl in den Affenkasten gekrochen, um seinen Rausch auszuschlafen. Jedenfalls stank er fürchterlich nach Bier.»

Natürlich wollte ich wissen, wie meine Schwester darauf gekommen war, im Schuppen nachzusehen.

«Na, durch was wohl?», sagte Vater. «Dieser Hund sägt doch im Schlaf in Windeseile ganze Wälder um. Mich würde mehr interessieren, wie er an das Bier gekommen ist.»

Aber das blieb Möpschens Geheimnis.

7 Herbststürme

Der November gab sich alle Mühe, uns den Aufenthalt im Freien zu vermiesen. Unter dem heftigen Sturm duckte sich das Haus und hielt seine Dachziegel fest. Sobald auch nur für einen Augenblick ein Fenster offen stand, enterten die Mäuse, den Efeu als Seil benützend, in Scharen unsere Räume wie eine feindliche Burg. Ein trockenes, warmes Plätzchen war ihr einziges Ziel, egal wo, ob unter den Schränken, in Schubladen oder sogar im Puppenwagen. Der Nöck im See geriet außer Rand und Band und ließ die Wellen so hoch schlagen, dass Lehrer Scheel zu Hause blieb und lieber Holz hackte, als unser Gehirn mit Rechenaufgaben zu trainieren. Möpschen ließ sich nur mit roher Gewalt von uns ins Freie schubsen, wenn wir der Meinung waren, er müsse nun endlich mal das Bein heben. Doch kaum war er draußen, stand er schon wieder, ein Bild des Jammers, vor der Tür und bettelte, hereingelassen zu werden.

Wir Kinder zankten uns im Haus herum, und

Vater rief: «Das ist ja nicht zum Aushalten!», bis Mutter uns den Vorschlag machte, doch schon mal über die Weihnachtsproduktion nachzudenken, und uns eine Liste hinlegte, auf der stand, wer von den Onkeln und Tanten ein Geschenk von uns erwartete. Ein selbst gebasteltes natürlich, denn der Wert eines solchen Präsents las sich vor allem an der Mühe und Arbeit ab, die man dafür investiert hatte. Die Liste der zu Beschenkenden war lang, sie enthielt rund gerechnet zwanzig Personen. Bei ihrem Anblick stellten wir sofort die Kabbeleien ein und waren uns einig, dass wir darüber Anfang November nun wirklich noch nicht nachdenken wollten. Da konnte uns unsere Mutter hundertmal mit dem Spruch «Aufgeschoben ist nicht aufgehoben» kommen. Vater zeigte ein gewisses Verständnis. Aber die Absicht, die dahinter lag, war auch nicht sehr erfreulich. Er hatte sogleich eine Menge Aufträge für uns, die umgehend erledigt werden mussten. Mein Bruder wurde zum See geschickt, um nach dem Kahn zu sehen. «Bestimmt ist er wieder nicht richtig festgebunden, und dann haben wir den Salat.»

Mutter runzelte die Stirn. «Bei dem Wetter soll der Junge zum See? Im Augenblick gießt es doch in Strömen.»

«Da unterschätzt du deinen Sohn», sagte Vater. «Der Kahn ist doch sein Ein und Alles.»

Dagegen war schwer etwas einzuwenden, und mein Bruder machte sich auf den Weg, nicht ohne Mutters Ermahnung: «Bind dir einen Schal um, Junge!»

Danach waren meine Schwester und ich an der Reihe. Wir waren voller Argwohn, denn Vater hatte uns eine sehr interessante Aufgabe versprochen, und das Wort «interessant» bedeutete meist, dass uns irgendetwas besonders Unangenehmes erwartete.

«Was denn?», fragte meine Schwester mürrisch.

«Im Schuppen Holz stapeln.» Vater strahlte uns an, als hätte er uns einen Zirkusbesuch zugedacht. Es hätte schlimmer kommen können. Holz stapeln mochten wir ganz gern. Im Schuppen roch es angenehm nach Moos und Harz, und wir genossen es, wenn aus dem Haufen gespaltenen Holzes Schicht um Schicht eine Wand entstand, sodass man sich wie ein Maurer vorkam.

«Und wenn der Regen aufgehört hat, habe ich noch etwas Schönes für euch», versprach uns Vater mit jener verheißungsvollen Stimme, die nichts Gutes ankündigte. Er selbst wolle nun in den Wald, um nach dem Rechten zu sehen. Wahrscheinlich habe der Sturm doch ziemlichen Schaden angerichtet.

«Bei dem Sauwetter?», entsetzte sich Mutter, und Vater ließ sich sehr schnell davon überzeugen, dass Muter wieder mal Recht hatte.

Nur unsere Postfrau zeigte den Mumm, der den wahren Preußen auszeichnet: Sie tauchte völlig überraschend in unserer Küche auf, und die Wassermassen, die sie aus ihrem Lodencape schüttelte, ließen Möpschen sofort das Weite suchen. Wir umringten sie bewundernd, während sie sich an dem von Mamsell schnell zubereiteten Rührei mit Schinken und dem starken Bohnenkaffee stärkte. Die Post, die sie uns brachte, war zwar mager, und Vater sagte, darauf hätte er gern verzichten können. Dafür entschädigte uns ihr Bericht über das, was der Sturm bereits in der Umgebung angerichtet hatte, im reichen Maße. Mal davon abgesehen, dass ihr eine dicke Eiche direkt vors Rad geknallt war, dass sie Meter für Meter mit übermenschlicher Kraft in die Pedale treten musste, um überhaupt vorwärts zu kommen – denn der Wind kam, wie jeder Radfahrer es kennt, mal wieder von vorn –, und dass die Kiefern vor ihren Augen wie Streichhölzer zerknickten, war es auch in den Dörfern schlimm hergegangen. Plötzlich habe es zusätzlich noch gedonnert und geblitzt und einen Schlag gegeben, sodass man erst mal stundenlang im Dustern saß. «Die Molkerei hat die Milchkannen nicht von der Straße geholt, und, man möcht's nicht glauben, drei volle Kannen sind futsch!» Kein Artikel im *Westhavelländer* hätte uns mehr fesseln können als der Bericht der Postfrau.

Inzwischen war die Küche stoppevoll. Auch der Kutscher, seine Frau, Frau Trägenapp und der dazugehörige Opa hatten sich eingefunden und lauschten atemlos. Die Stimme der Postfrau senkte sich fast zu einem Flüstern, als sie von einem merkwürdigen Licht erzählte, einem bläulichen Licht auf der Kirchturmspitze. Doch ehe wir erfuhren, was es mit diesem geheimnisvollen Licht auf sich hatte, bekam der Küchenherd, verärgert über den Sturm, der den Rauch nach unten drückte, seinen Rappel. Dicker Qualm quoll aus allen Ritzen, sodass wir zu husten begannen und Mamsell die Fenster aufriss. Sofort gab es ein hitziges Wortgefecht zwischen Vater und ihr über diesen in Mamsells Augen völlig untauglichen Schrotthaufen. Die Postfrau trank den letzten Schluck Kaffee, kramte umständlich aus ihren zwei Lagen Gestricktem eine in einem roten Samttäschchen steckende Taschenuhr hervor, warf einen Blick darauf, erhob sich, seufzte: «Na, denn will ick mal wieder», und schickte sich an, den Widrigkeiten der Natur aufs Neue zu trotzen.

Doch der Sturm hatte sich inzwischen ein wenig gelegt und der Regen nachgelassen. Meine Schwester und ich trabten zum Holzschuppen. Ich muss sagen, wir waren wirklich fleißig und schafften es bis zum Mittagessen, den Schuppen fast in so etwas wie eine gute Stube zu verwandeln. Wir ernteten deshalb bei Tisch auch großes Lob, was meine Schwester ermutigte, sich unverhältnismäßig viel von dem Wackelpeter auf den Teller zu laden, sodass für uns kaum noch etwas übrig blieb.

«Freut mich, dass es dir so schmeckt», sagte Vater. «Das wird dir die Kraft geben, mit ebenso viel Schwung an die andere interessante Tätigkeit heranzugehen, von der ich heute früh schon sprach. Es ist etwas, was dir schon immer großen Spaß gemacht hat.»

«Was denn?», fragte meine Schwester misstrauisch.

«Wir haben kein Häcksel mehr. Die Dreschmaschine muss in Gang gesetzt werden.» Die Dreschmaschine in Gang zu setzen bedeutete, dass wir Kinder ein bis zwei Stunden hinter den vor den Göpel gespannten Pferden herlatschen mussten, und das in einem ziemlich engen Kreis.

«Deine Schwester kann dir dabei Gesellschaft leisten. Und außerdem bekommt ihr die Füchse angespannt.» Er tat, als sei das ein großes Entgegenkommen, dabei hatten wir im Augenblick nur drei Pferde, und die alte Liese kam wohl kaum mehr in Frage.

«Immer ich», jammerte meine Schwester. Sie deutete mit einem Löffel voller Wackelpeter auf unseren Bruder. «Und der?»

«Er wird dem Kutscher beim Wegschaufeln des Häckels in der Scheune helfen.»

Mutter kam uns zu Hilfe. «Hältst du das wirklich bei diesem Wetter für opportun? Es fängt bestimmt gleich wieder an zu regnen.»

«Im Moment sieht es nicht danach aus», sagte Vater. «Der Wind hat sich gedreht.»

Aber meine Schwester gab so schnell nicht auf. «Ich denke, wir sollten schon mit den Weihnachtsarbeiten anfangen. Hat Mutter jedenfalls gesagt.»

Mutter nickte. «Hab ich.»

Vater erinnerte uns daran, dass wir heute Morgen noch ganz anders darüber gedacht hatten. «Aber sei dem, wie dem sei. Es wird ja jetzt schon so früh dunkel, dass ihr spätestens um halb fünf wieder im Haus seid.»

Und so zogen wir unsere Lodenmäntel und Schmierstiefel an, setzten unsere Pudelmützen auf und stapften verdrossen nach draußen, wo die genauso verdrossenen Pferde schon am Göpel auf uns warteten. Wir kreisten und kreisten, und die Zeit wollte nicht vergehen. Außerdem mussten wir höllisch aufpassen, dass die Füchse im Rhythmus blieben, nicht unerwartet anhielten oder sich in Trab setzten. Ihnen war es ebenso langweilig wie uns. Sie schnaubten und schubsten sich und ließen die Köpfe hängen. Auch Möpschen zeigte sich nur kurz, und mein Bruder dachte gar nicht daran, uns abzulösen. Nur Mamsell war voller Mitleid. Zum großen Erstaunen von Vater spendierte sie uns zum Abendbrot einen Nachtisch, den wir besonders liebten: Apfelpie.

Aber Vater hatte schon wieder einen Wermutstropfen parat, um uns den Genuss zu verderben. Er hatte Geschäftsfreunden einige von unseren Gänsen zugedacht, und die mussten unbedingt noch heute geschlachtet werden. Er könne es nicht ändern, das sei nun mal der Lauf der Welt. Mutter fand es zwar bedauerlich, aber andererseits verlangten unsere Kissen nach neuer Füllung, und im November war das Daunengefieder besonders geeignet. Wie wir alle hatte natürlich auch Mamsell zu dem Gänsenachwuchs ein gewisses familiäres Verhältnis. Denn die meisten von ihnen hatten einige Zeit unter ihrer Obhut in der Küche verbracht und liefen auch jetzt noch hinter ihr her, sobald sie sich blicken ließ. In diesem Jahr waren sie besonders anhänglich, und Mamsell fiel es noch schwerer als sonst, die Auswahl zu treffen. Schließlich gab sie sich einen Ruck, ergriff eine der Gänse und ging mit ihr, eine schnatternde Gänseschar auf den Fersen, festen Schrittes zur Scheune, um sie dort ins Jenseits zu befördern. Aber mit der schweren Gans unter dem Arm gelang es ihr nicht, das Scheunentor so schnell zuzuziehen, dass die anderen draußen blieben. Von schnatternden Gänsen umgeben, ließ sie sich auf dem Holzklotz nieder, der eigentlich das Schafott für die Gans sein sollte, und setzte das Opfer wieder auf den Boden. Doch die Arglose lief nicht etwa weg. Mit zutraulichen Lauten knabberte sie an Mamsells Röcken herum. Das war für Mamsells Nerven zu viel. Sie kehrte in die Küche zurück, schnauzte den herumwuselnden Bernhardiner an und dachte nach, bis ihr eine rettende Idee kam. Sie hatte ein langes Gespräch mit Frau Trägenapp, die ihre eigenen Gänse ebenfalls sehr ungern schlachtete. Und beide Frauen waren sich einig, dass diese Prozedur bei einer fremden Gans ein Klacks sei. Frau Trägenapp wollte also das schwere Amt für Mamsell übernehmen und Mamsell für sie. Es klappte vorzüglich, zumindest bei uns. Bei Trägenapps waren Mamsells Dienste nicht mehr mötig. Der Fuchs drang in den Gänsestall ein und regelte die Dinge auf seine Weise.

8 Alles für die Katz

Meine schwanzlose Katze hatte sich mittlerweile ihren Platz in unserem Haushalt erkämpft oder besser, wie Vater sagte, ermiaut, denn um die Wandelbarkeit ihrer Stimme hätte sie jeder Vortragskünstler beneiden können. Die Töne, die sie hervorbrachte, wechselten je nach Gemütsverfassung: Mal quakte sie wie ein Frosch, mal knurrte sie wie Möpschen oder säuselte in den zartesten Tönen wie eine junge Amsel. Ihre Klagelieder, wenn sie vor verschlossener Haustür stand, gingen einem durch Mark und Bein, und Vater meinte genervt, man könne sie ja mal an die Feuerwehr ausleihen. Ihre Stimme sei durchdringender als jedes Feuerhorn oder Glockengeläut. Das Gekreische, mit dem sie die Liebesdienste ihrer Liebhaber quittierte, erschreckte diese mehr als ihre scharfen Krallen.

Das bis zu seinem Einzug in unser Haus eher scheue Kätzchen hatte sich dank Mamsells Fürsorge in eine würdige Matrone verwandelt, die durch die Zimmer stolzierte, als wolle sie sich davon überzeugen, ob auch alles seine Ordnung hatte. «Fehlt nur noch», sagte Mutter, «dass sie mit der Pfote über den Tisch streicht und kontrolliert, ob Staub gewischt worden ist.»

Der größte Teil der Familie spielte für sie eine untergeordnete Rolle. Sie akzeptierte nur zwei Personen: Mamsell und ausgerechnet Vater, dem Katzen ein Gräuel waren und der sie sonst im Haus nicht duldete, höchstens in der Küche. Für ihn waren sie Wilderer der schlimmsten Sorte. Aber der Impertinenz dieses Wesens war er nicht gewachsen und duldete fluchend, dass sie ihm auf Schritt und Tritt folgte, ja, ihm sogar auf den Schoß sprang und es sich dort schnurrend gemütlich machte. Vergeblich versuchte er, sie loszuwerden, und gab schließlich auf. «Wärmt ja ganz angenehm», sagte er, als Mutter fassungslos das Idyll betrachtete.

Unser neues Familienmitglied hatte nicht nur keinen Schwanz, sondern auch keinen Namen. Sie hieß einfach so, wie wir sie riefen: Miez-Miez. Als schwanzloses, namenloses Etwas war sie sehr viel selbstbewusster als wir alle zusammen und sorgte dafür, dass sie nicht zu kurz kam. Auch hielt sie sich nach Katzenart überall dort auf, wo sie nichts zu suchen hatte, zum Beispiel auf einem besonders bequemen Lehnstuhl im Wohnzimmer, zu dem ältere Tanten, denen man noch beigebracht hatte, kerzengerade zu sitzen, komplimentiert wurden, weil er eine hohe Lehne besaß. Zu diesen Tanten gehörte auch eine Verwandte, die trotz ihrer achtzig Jahre großen Wert darauf legte, als gnädiges Fräulein angeredet zu werden, und die von sich behauptete, sie höre noch wie ein Luchs, der man sich aber ohne Zuhilfenahme der Zeichensprache kaum verständlich machen konnte. Nach einer holprigen, nassen und windigen Fahrt durchs Luch ließ sie sich erleichtert in den Lehnstuhl fallen, in dem die Katze mal wieder fest schlief. Miez-Miez stieß einen rasenden Wutschrei aus, und ich versuchte, der Tante klarzumachen, dass sie auf unserer Katze saß. Sie sah mich nur stirnrunzelnd an und sagte: «Kind, was piepst du so fürchterlich? Du musst dir mal eine etwas deutlichere Aussprache angewöhnen.»

Inzwischen war Miez-Miez mangels Luft verstummt. Vergeblich versuchten wir mit wilden Gesten, die uns verständnislos anblickende Tante auf das Dilemma aufmerksam zu machen und sie zum Aufstehen zu bewegen, bis Vater eingriff und mit einem energischen «du gestattest» die Verdutzte hochzog. Glücklicherweise hatte das weiche Polster unter der Katze genügend nachgegeben und so ihren Erstickungstod verhindert. Vater meinte allerdings, als sie ziemlich marode über den Teppich schlich: «Ich weiß nicht, Kinder, irgendwie kommt sie mir jetzt länger vor.»

Nun hätte man annehmen können, dass Miez-Miez diesen Stuhl in Zukunft wie Feuer meiden werde. Aber kein Gedanke daran. Und so blieb uns, sobald sich ein Gast in der Dämmerstunde arglos diesem Möbelstück näherte, nichts anderes übrig, als im Chor zu rufen: «Vorsicht, die Katze!»

Doch der Lehnstuhl war nicht ihr einziger Lieblingsplatz. Sehr gern hielt sie am Tage ihr Nickerchen in einem unserer Betten. Nur mein Bruder blieb von ihr verschont, und Vater hatte auch gleich eine Erklärung dafür: «Den Gestank von seinem Anglerglück hält doch selbst eine Katze nicht aus!»

«Dafür scheint sie Dralles Birkenwasser umso mehr zu mögen», sagte Mutter spitz, die wieder einmal einen ihrer Herzepimpel angegriffen fühlte. «Jedenfalls liegt die Katze am liebsten auf deinem Kopfkissen.»

Vater schüttelte sich mit gespieltem Entsetzen. «Widerlich! Eine Katze im Bett! Weit sind wir in diesem Haus gekommen!»

Miez-Miez ließen Vaters Aversionen kalt. Tag für Tag begleitete sie ihn zu seinem morgendlichen Bad, sprang in den Kahn und sah ihm zu, wie er seine Runden schwamm. Anschließend tauchte sie in der Küche auf, um dort nach dem Rechten zu sehen, brachte das schläfrige Möpschen auf Trab, indem sie mit seinem Schwanz Maus spielte und herzhaft hineinbiss, strich Mamsell, die das Frühstück bereitete, schnurrend um die Beine und verlangte mit zirpenden Tönen nach einem Happen. Kaum war der Tisch gerichtet und hatten wir uns zum Frühstück niedergelassen, erschien sie mit ihrer Jagdbeute der vergangenen Nacht und legte sie Vater zu Füßen: meist mehrere stattliche Mäuse. Vater warf einen angewiderten Blick darauf, summte aber zufrieden: «Vater, Mutter, Schwestern, Brüder hab ich auf der Welt nicht mehr.» Denn die Mäuse fingen tatsächlich an, in unserem Haus das Kommando zu übernehmen und beschlagnahmten sogar unsere hundert Jahre alte Puppenstube als Wohnsitz. Vater rang sich für die Lob heischende Katze ein «Fleißig, fleißig» ab und befahl uns dann, die Mäuse zu entfernen, was natürlich wieder an mir, der Jüngsten, hängen blieb, weil meine Geschwister sich einig waren, es sei schließlich meine Katze. Dabei wollte Miez-Miez von mir am wenigsten wissen und ignorierte mit zusammengekniffenen Augen meine schmeichelnden Ansprachen.

Wie das ganze Dorf gingen auch wir Kinder normalerweise mit den Hühnern ins Bett. Es gab allerdings eine Ausnahme: Wenn Vater bei den abendlichen Gesellschaftsspielen, egal, ob es sich um Mauscheln, Schwarzer Peter, Glocke und Hammer oder Mensch-ärgere-dich-nicht handelte, am Gewinnen war. Wollte Mutter Schluss machen, gab er sich dann überaus großmütig: «Na, ich denke, ein halbes Stündchen können sie noch aufbleiben, sie sind ja schließlich keine Babys mehr.» Auch hier saß Miez-Miez zu meinem Ärger neben ihm auf dem Sofa. Sie schien ihm sogar Glück zu bringen, denn sobald sie dort Platz genommen hatte, wendete sich das Blatt, und er sammelte die Stiche haufenweise oder steuerte beim Mensch-ärgere-dich-nicht-Spiel als Erster mit dem letzten Stein das rettende Feld an. So ließ er sich herab, sie ab und an ein wenig zu kraulen, natürlich möglichst wenn es Möpschen nicht sah, der vor Eifersucht halb zerfressen war, aber, da er vor der Katze einen heillosen Respekt hatte, sich nicht anders zu helfen wusste, als fürchterlich zu bellen, womit er bei mir auf volles Verständnis stieß. Ich beklagte mich bitter bei Mutter über Miez-Miez' Gleichgültigkeit mir gegenüber.

«Erika hat sie mir geschenkt, es ist meine Katze!»

Mutter strich mir übers Haar. «In der Liebe gibt es kein Mein und Dein.»

«Wie wahr, wie wahr», sagte Vater. «Eure Mutter weiß in diesen Dingen sehr gut Bescheid. Ist es nicht so?» Er sah sie an.

«Wenn du es sagst.» Mutter war bestrebt, das Thema zu wechseln. «Jetzt geht ihr aber wirklich endlich ins Bett!»

Abgesehen von ihren Schlafplätzen war die Katze überall und nirgends. Als wir eines Tages zum Abendessen über Land fuhren, kam sie plötzlich unter dem hinteren Sitz zwischen unseren Beinen hervorgekrochen, und den Eltern blieb nichts anderes übrig, als sie zu den Gastgebern mitzunehmen. Mit großer Selbstverständlichkeit lief sie die Freitreppe hinauf und zielsicher zu dem in einem der Zimmer stehenden Billardtisch, auf dem sie die Kugeln knallend herumschleuderte. Onkel und Tante warfen sich ärgerliche Blicke zu, und ich hörte sie flüstern: «Nicht nur, dass der Gute seine Kinder immer mitschleppt, nun auch noch die Katze.» Doch gleich darauf sagte die Tante, süß lächelnd: «Nein, wie originell!», während der Onkel alle Hände voll zu tun hatte, seinen aufgeregten Dackel zu beruhigen, der wegen dieser unverschämten Invasion fast einen Herzschlag bekam.

Vater distanzierte sich sofort von Miez-Miez und entschuldigte sich wortreich: «Es ist ein fürchterliches Tier. Aber was soll ich machen? Ich kann sie doch nicht totschießen. Das würde meiner Tochter das Herz brechen. Immerhin hält sie uns die Mäuse kurz, und das wirklich mit großer Hingabe.»

Doch der Onkel hörte nur halb hin, denn im selben Moment stürzte Miez-Miez sich, der Billardkugeln müde, auf den Dackel. Das zischende Fauchen, das sie dabei von sich gab, erschreckte den Hund derartig, dass er rückwärts in einen großen, gerade in voller Blüte stehenden wertvollen Kaktus, auf den seine Besitzer sehr stolz waren, sprang und sogleich, Miez-Miez übertönend, in ein ohrenbetäubendes Jaulen ausbrach.

«Ein turbulenter Abend», sagten die Gastgeber in höflicher Verzweiflung und beratschlagten, wo man dieses gräuliche Tier während des Diners unterbringen sollte. Schließlich wurde sie in die Futterkammer verbannt, wo sie auf einem Stapel Kartoffelsäcken indigniert auf unsere Rückkehr wartete.

Sie sah es als ihr selbstverständliches Vorrecht an, Vater zur Entenjagd zu begleiten, während Möpschen zu Hause bleiben musste. Ein paar Mal scheuchte Vater sie nach Haus. Aber während er die Flinte lud und seinen Jagdsitz in die Erde rammte, war sie bereits wieder da, fing Feldmäuse oder kletterte auf eine Weide, um von dort aus Vater regungslos zu beobachten. Einmal verlor sie das Gleichgewicht und fiel platschend ins Wasser, sodass ein halbes Dutzend Enten aufflogen und Vater zwei davon schießen konnte. «Besser als jeder Jagdhund», sagte Vater anerkennend. «Schade, dass sie nicht apportieren kann.»

Immer wieder machte ich den Versuch, nicht nur Miez-Miez' Liebe zu gewinnen, sondern sie auch in meine Spiele einzubeziehen. Aber sie weigerte sich, mit der alten Decke meines Schaukelpferds als Wolf verkleidet zu werden, und meine Rotkäppchen darstellende Puppe war ihr völlig egal. Das Einzige, was sie wirklich interessierte, war das Aquarium, und wir mussten höllisch aufpassen, dass sie nicht auf Fischfang ging.

Während Möpschen nach der Buttermilch lechzte, war die Katze ganz wild auf Bücklinge, die es hin und wieder gab, wenn die Eltern in der Stadt gewesen waren. Dummerweise ließ Mamsell einmal die herrlich aussehenden, genau abgezählten, goldgeräucherten Fische auf dem Küchentisch stehen, während sie sich draußen mit der Kutschersfrau unterhielt. Als sie wieder zurückkam, hatte Miez-Miez einen aufgeblähten Bauch, und sämtliche Bücklinge waren verschwunden. Mamsell sagte ihren Lieblingssatz: «Hat man da noch Worte!», und jagte Miez-Miez gnadenlos in die Dunkelheit. Wir hofften sehr, sie würde diesen Verlust mit einer anderen leckeren

Mahlzeit wettmachen. Aber dazu war sie nicht in Stimmung, und so gab es wie häufig Kartoffeln mit Stippe.

Kurze Zeit später hörte Mamsell ein Kratzen und schwaches Miauen an der Tür zum Garten. Es war Miez-Miez, die sich fast kriechend hereinschleppte. Mamsell rief uns, und ich brach natürlich gleich in Tränen aus.

«Nun, nun», sagte Vater, «so schlimm wird es nicht sein.» Aber er machte ein bedenkliches Gesicht. Wie Mamsell sich zusammenreimte, war Miez-Miez wahrscheinlich im Hof und dann im Kuhstall gewesen und von einer Kuh so heftig getreten worden, dass sie wohl innere Blutungen hatte. Zum ersten Mal ließ sie es sich gefallen, dass ich sie auf den Schoß nahm. Ich streichelte sie sanft und voller aufquellender Liebe. Sie tat einen Seufzer und bewegte sich nicht mehr. Vater versuchte mich zu trösten und schilderte mir mit beschwörenden Worten, was für ein schönes, wenn auch bedauerlicherweise kurzes Leben Miez-Miez gehabt hatte. Geboren in eine so wundervolle Familie wie die meiner Freundin!

«Sie haben sie doch in einer Mülltonne gefunden», schluchzte ich.

«Nun ja, aber dann eine Kindheit nicht in den lärmdurchtosten Straßen von Potsdam, sondern frei und unbeschwert in einem Schrebergarten.»

«Die Kinder haben sie immer gejagt», plärrte ich, «weil sie keinen Schwanz hatte!»

Vater gab zu, dass das nicht schön, aber die Katze doch damit anscheinend ganz gut klargekommen war.

«Kam sie nicht», weinte ich.

Vaters Stimme wurde ungeduldig. «Schwanz hin oder her, welche Katze durfte sich je auf eine so weite Reise begeben und sogar mit der Kleinbahn fahren!»

«Und ins Pflaumenmus ist sie auch gefallen!», rief ich anklagend.

Vater fuhr auf. «Davon weiß ich ja gar nichts!»

«Fast», sagte Mutter hastig. «Fast.» Und dann schlug sie vor, Miez-Miez würdig zu beerdigen, in der Ecke des Gartens, in der schon andere geliebte Tiere die letzte Ruhe gefunden hatten.

Die feierliche Zeremonie, mit der wir sie in einem Schuhkarton von Salamander bestatteten, milderte meinen Schmerz erheblich, zumal ich mir eingestehen musste, dass ich an der Verstorbenen so sehr auch wieder nicht gehangen hatte. Und beim Abendbrot wich er sogar einem milden Wohlbehagen, denn Mamsell hatte als Trauermahl etwas ganz Besonderes gerichtet: Jägerschnitzel mit Erbsen und Kartoffelbrei und als Nachtisch etwas, was wir noch nie gegessen hatten und von ihr «Taschentücher» genannt wurde:

dünne Eierkuchen, auf beiden Seiten hellgelb gebacken, mit feinem Zucker überstäubt, mit Gelee belegt und wie ein Taschentuch zusammengefaltet. Und ich, die am meisten Betroffene der Trauergemeinde, durfte davon doppelt so viel essen wie meine Geschwister.

Miez-Miez geriet verhältnismäßig schnell in Vergessenheit. Nur Vater sprach merkwürdigerweise noch häufig von ihr, wie sie ihm beim Schwimmen zugesehen hatte und mit ihm auf Entenjagd gegangen war. Er strich sich nachdenklich übers Kinn und fügte etwas unvermittelt hinzu: «Vor viertausend Jahren hätte man mir so ein Tier mit ins Grab gelegt.»

Mutter zog die Augenbrauen hoch. «Siehst du dich als Pharao?»

«Mühelos», sagte Vater.

9 Das Brillenkind

Mit Süßigkeiten wurden wir knapp gehalten. Hin und wieder gab es einige von Mamsells Sahnebonbons, für 'n Groschen Himbeerbonbons vom Krämer oder ein Stück Lakritze und Mitgebrachtes von den Gästen, meistens Katzenzungen, die wir noch dazu nach Tisch zum Mokka herumreichen mussten, sodass für uns selbst kaum noch etwas übrig blieb. Gelegentlich bestätigte allerdings die Ausnahme die Regel, und so spendierte mir eine großzügige Tante eine kleine Torte ganz für mich allein. Diese Köstlichkeit ruhte, eingepackt in Silberpapier, in einem Holzkästchen und war mit Marzipanröschen verziert. Ich bedankte mich mit einem Handkuss und verschwand wie der Blitz, ehe mich meine Geschwister auf ihre eigene, meist schmerzhafte Weise daran erinnern konnten, dass in diesem Hause Mitgebrachtes geteilt wurde. Ich verkroch mich in der Scheune hinter einer Wand von Strohballen, wo ich die Torte, ohne innezuhalten, in mich hineinstopfte. Mein Magen war dem ungewohnten Ansturm dieser Masse aus Honig, Mandeln, Butter, Schokolade und Marzipan nicht gewachsen, und eine Stunde später spuckte ich alles wieder aus. Außerdem taten mir meine Arme weh, weil mir mein Bruder zur Strafe Muskelstärker verpasst hatte.

Aber Verlockungen wie diese Torte waren höchst selten, und wir mussten weiterhin unsere Gier mit weniger Ergiebigem stillen, dem Auslecken von Schüsseln, dem Ablecken von Kochlöffeln, mit denen der Teig gerührt worden war, und dem Auftitschen von Krümeln, die Plätzchen und Torten auf dem Blech hinterlassen hatten. Nur in der Vorweihnachtszeit meinten die Erwachsenen es gut. So wurde sie zu einem Schlaraffenland für uns. Vorbote war der Nikolaus. Er legte zu dem obligaten Apfel auch einen in Goldpapier gewickelten Tannenzapfen aus Schokolade oder im Wechsel ein bis zwei Cremekringel oder eine Marzipankartoffel oder ein Stückchen Quittenbrot in die bereitgestellten Schuhe. Denn unser Schlaraffenland war ein märkisches, und es ging dort noch sehr bescheiden zu. Mamsell allerdings geriet in einen wahren Backrausch, und überall klebte es von Sirup. Wir halfen ihr nur allzu gern beim Kneten, Ausrollen, Ausstechen, Mandelenthäuten, Pfefferkuchenmännchen Belegen, Nüssehacken und Sternchen und Figuren mit Zuckerguss Bepinseln.

«Sind wir nicht wahre Heinzelmännchen?», fragten wir, den Mund voll mit Rosinen, Nüssen und Kuchenteig.

Mamsell lachte. «In dem, was ihr so wegputzt, bestimmt.»

Mutter dagegen meinte, denselben Eifer würde sie liebend gern beim Basteln unserer Weihnachtsgeschenke sehen. Aber davon wollten wir nichts hören. Es war ja noch so viel Zeit.

«Genau vierzehn Tage», sagte Mutter. «Und in acht Tagen müssen eure Päckchen auf der Post sein.»

Aber wir schlugen diese Mahnung in den Wind und sahen uns lieber «Das Mädchen mit dem Honigtopf» in der Laterna magica an. Wir spannten ein Laken über die Tür, auf das die Bilder mit Hilfe einer kleinen Petroleumlampe projiziert wurden. Die Bilderfolge von dem Honig mopsenden Kind hatten wir bestimmt schon mehrere Dutzend Male gesehen, aber nie verloren sie an Reiz. Erstes Bild: Honigtopf auf dem Küchenschrank, zweites Bild: Mädchen klettert auf einen Schemel, drittes Bild: Mädchen greift nach dem Topf, viertes Bild: Schemel kippt um, Mädchen und Honigtopf landen auf der Erde, fünftes Bild: Über und über mit Honig bekleckertes Mädchen steht in der Küche und plärrt. Wir folgten dem Ereignis mit Spannung und Schadenfreude.

Wie oft um diese Jahreszeit ließ der Winter auf sich warten. Es herrschten eher frühlingshafte Temperaturen, sodass Vater zu Mutters Entsetzen sein morgendliches Bad im See wieder aufnahm. Wenn er aus dem Wald zurückkam, stöhnte er jedes Mal über die Hitze, die angeblich im Hause herrschte. Diese Klage war genauso Teil des Weihnachtsprogramms wie qualmende Öfen, verbrannte Bratäpfel, Mutters Ärger, dass wir die Nüsse nicht mit einem Nussknacker knackten, sondern mit Hilfe der Tür, was Holz und Farbe nicht sehr gut bekam, Vaters gespielte Empörung über unsere Wunschzettel, die den armen Weihnachtsmann zwangsläufig in den Schuldturm bringen würden, und das Vorlesen pädagogischer Weihnachtsgeschichten, in denen viel die Rede von armen, hungernden Kindern war, die mit Frostbeulen an Händen und Füßen schlotternd durch den tiefen Schnee stapfen mussten; zum Schluss wendete sich dann doch alles zum Guten, und sie starrten, reich beschenkt, selig auf den Weihnachtsbaum, dessen brennende Kerzen sich in ihren dankbaren Augen spiegelten. Dass zu unserer Freude noch rechtzeitig das Wetter umschlug, sodass wir, wenn wir früh aus den Betten krochen und bibbernd vor dem Fenster standen, in eine herrlich weiße glitzernde Landschaft guckten, gehörte ebenso zur Weihnachtszeit wie

Mamsells Entschluss, die Teppiche im Garten zu klopfen, was den Teppichen sehr gut bekam, im Schnee aber hässliche graue Flecke hinterließ.

Mutter fuhr nun mit dem Schlitten in die Stadt, wo sie sich, wie sie sagte, mit dem Christkind unterhalten wollte, und es gab das übliche Gezerre um die Weihnachtsgans, auf der Vater hartnäckig bestand. «Warum halten wir uns denn überhaupt Gänse», murrte er. «wenn sie niemand schlachten will?»

Doch Mamsells Tu's-doch-selber-Blick hinderte ihn, weiter auf diesem Thema herumzureiten. Er versprach die Sache in die Hand zu nehmen und ging zu Frau Trägenapp. Sein anscheinend großzügiges Angebot ließ die gänselose Nachbarin sofort einwilligen, Mamsell diese unangenehme Aufgabe abzunehmen, sodass nun für den ersten Feiertag Vaters Lieblingsbraten nichts mehr im Wege stand.

Weihnachten wäre nicht Weihnachten gewesen, wenn nicht unvorhergesehene Zwischenfälle das Programm durcheinandergebracht und die Vorfreude auf ihre Weise gewürzt hätten. Steine lockerten sich im Schornstein, fielen mit Donnergepolter in den Kamin und bestäubten das Weihnachtszimmer mit Ruß. Unser ebenso vorwitziges wie eigenwilliges Huhn Mathilde drang noch am Heiligabend bis zu dem geschmückten Baum vor und köpfte mit heftigem Picken einen der Weisen aus dem Morgenlande, der gerade erst von meinem Bruder, und dies schon zum zweiten Mal, sorgsam wieder zusammengeklebt worden war. Unser altes Pferd Liese rutschte auf dem Glatteis aus, und wir mussten Säcke unter sie schieben, ehe sie wieder auf die Beine kam. Ein andermal passierte etwas, was Mutter schon seit Wochen vorausgesagt hatte: Das Mädchen balancierte mal wieder ein übervolles Tablett, noch dazu mit kostbaren Mokkatassen und Gläsern, kam auf der Treppe zur Küche ins Stolpern, weil eine von Mutter schon seit einer Ewigkeit beanstandete lose Messingstange nicht befestigt worden war, und das Tablett flog ihr aus der Hand. Es gab ein so lautes Scheppern und Klirren, dass sogar Vater aus seinem Arbeitszimmer herbeieilte, wobei aber seine Frage «Haben wir heute Polterabend?» nicht gerade Lachsalven erntete.

«Sehr witzig», sagte Mutter, die fassungslos den angerichteten Schaden begutachtete. «Bald werden wir den Wein aus Biergläsern trinken müssen.»

Dann wiederum wäre meine Schwester fast in Flammen aufgegangen, weil ihr Haar, das sie ganz gegen jede Regel nicht zu den üblichen Zöpfen geflochten, sondern offen trug, zu nahe an eine Adventskerze gekommen war. Vater griff geistesgegenwärtig nach einer Vase mit Tannenzweigen und Chrysanthemen und goss sie über ihrem angekokelten Kopf aus.

«Das ist ja noch mal gut gegangen!» Meine Mutter atmete erleichtert auf.

Doch Vater schnupperte an meiner Schwester herum und meinte: «Vielleicht könntet ihr den Blumen ab und zu mal frisches Wasser geben.»

Mutter nahm meine weinende Schwester tröstend in den Arm. «Sag nicht immer ihr, wenn du mich meinst.»

Im Nachhinein erinnerten wir uns an den langen Winterabenden gern an solche Vorkommnisse und lachten herzhaft darüber.

In diesem Jahr hatte sich die Vorsehung etwas ganz besonders Gemeines ausgedacht. Ich wachte auf und konnte nicht mehr sehen. Irgendetwas saß auf meinen Augenlidern und drückte sie zu.

«Blind! Ich bin blind!», schrie ich, setzte mich im Bett auf und hörte meine Schwester sagen: «Blind vielleicht, malle bestimmt», um dann entsetzt hinzuzufügen: «Manometer, wie siehst du denn aus?»

Ich heulte. «Wie denn?»

«Grauenhaft.» Sie rannte zu meiner Mutter, damit sie den Schaden begutachtete. Mutter tröstete mich zwar, das sei nicht weiter schlimm, aber an ihrer Stimme konnte ich merken, dass auch sie beunruhigt war. Ein Kamillensud musste gekocht werden, und dann tupfte meine Mutter unermüdlich auf meinen Augen herum, bis sie sich langsam wieder öffneten, wenn auch widerstrebend, denn das Sekret, das sie zusammenpappte, war äußerst zäh. Ich blieb nicht das einzige Opfer dieser geheimnisvollen Krankheit, auch meinen Bruder hatte sie erwischt. Zwar schwollen unsere Augenlider allmählich ab, aber die Augen blieben hoch empfindlich, und wir kniffen sie bereits bei Kerzenlicht zu. Mein Bruder hatte das Glück, dass nur ein Auge betroffen war, und so reichte eine Augenklappe. Aber ich brauchte dringend eine Sonnenbrille, die wir natürlich nicht im Hause hatten. Mutter fuhr deswegen extra nach Rathenow. Der Optiker nahm ihren Wunsch mit der ehrfurchtsvollen Frage «Wollen Frau Gräfin in die Berge?» zur Kenntnis und fand nach langem Suchen etwas, das mehr einer Brille für die Höhensonne glich. Ich sah damit so gut wie nichts, aber ich behauptete, sie sei prima, denn der Höhepunkt des Dezembers stand ins Haus, der Verkauf der Weihnachtsbäume. Unmöglich, nicht dabei zu sein!

Auf dem Feld mit den Weihnachtsbäumen herrschte lebhafter Betrieb, denn unsere Tannen waren in der ganzen Gegend beliebt, und trotz der riesigen Auswahl oder vielleicht gerade deswegen waren die meisten Kunden Stunden damit beschäftigt, sich eine passende auszusuchen.

Ich sah leider im wahrsten Sinne des Wortes den Wald vor Bäumen nicht und rempelte dauernd jemanden an oder stolperte in die Tannen. «Der arme Graf. Nun auch noch ein blindes Kind», hörte ich jemanden sagen, sodass ich mich schließlich zu meinem Bruder gesellte, unserem Verkäufer-Ass in der Familie. Allerdings fiel es ihm diesmal nicht so leicht, den ausgesuchten Baum für den Kunden abzusägen. Aber die Käufer hatten Geduld, und einer meinte: «Na, Kleiner, da hat dir wohl dein Vater mal ordentlich eine verpasst. Aber lass man, das kommt in den besten Familien vor», worauf mein tief beleidigter Bruder prompt den Preis verdoppelte, fest davon überzeugt, dass der Mann jetzt versuchen würde zu handeln. Aber der gab ihm sogar noch ein Trinkgeld. Mein Bruder starrte ihm mit offenem Mund nach, denn im Allgemeinen klafften die Vorstellungen der Käufer und der Händler, wie prächtig der Weihnachtsbaum zu sein habe und was er kosten dürfe, weit auseinander.

Es gab wie immer einige Aufregung, wenn mitgebrachte Dackel und andere Kläffer nicht mehr herbeizupfeifen waren oder ein Kind abhanden gekommen war und, «Mama, Mama!»

rufend, weinend am anderen Ende des Feldes herumirrte. Gelegentlich ließ sich auch Vater blicken, was Mutter vergeblich zu verhindern suchte, weil er die Angewohnheit hatte, Bäume zu verschenken. Diese Großzügigkeit sah Mutter nicht gern, denn was der Verkauf einbrachte, gehörte ihr, und sie bestritt davon unsere Weihnachtsgeschenke. Die Silberkanne, die dazu auserkoren war, das Geld zu sammeln, füllte sich immer nur zögernd mit Groschen, denn der teuerste Baum kostete zwei Mark.

Zum Abendbrot verwöhnte uns Mamsell mit Milchreis und Zimt und Zucker, und Vater entlohnte jeden von uns großzügig mit einer Mark, wobei er sich nicht die Bemerkung verkneifen konnte, ich hätte ja erst im Herbst drei Taler von einem Gast bekommen und Millionäre hätten solche Arbeit eigentlich ehrenamtlich zu tun. Doch ehe Mutter, wie es sich gehörte, meine Partei ergriff, sagten Brüderchen und Schwesterchen wie aus einem Mund: «Nun lass doch mal das Kind!»

10 Trommel, Pfeife und Gewehr

An den Adventssonntagen war friedliche Beschaulichkeit erwünscht, und es gelang uns auch meist, diesem Wunsch gerecht zu werden – abgesehen von den alltäglichen, sich ewig wiederholenden Hänseleien, wie etwa dem Ausruf meines Bruders, wenn er sich über meine Schwester geärgert hatte: «Siehst aus wie die Claire!» Damit versetzte er sie in rasende Wut, obwohl diese Bemerkung eigentlich ein Kompliment war, denn Tante Claire war auffallend hübsch. Was mich betraf, so erheiterte mich der Hinweis: «Haste schon mal erzählt», wenn ich etwas berichten wollte, nicht gerade, war aber bei weitem nicht so wirksam wie bei meinem Bruder die von meiner Schwester gönnerhaft hingeworfene Bemerkung: «Na siehste, haste auch einen kleinen Spaß gehabt», wenn er, der große Bastler, mal wieder etwas im Haus gerichtet hatte und jedermann stolz darauf aufmerksam machte. Er geriet dann so in Rage, dass er nach dem nächstbesten Gegenstand griff und auf sie eindrosch.

Doch im Ganzen bemühten wir uns, den Frieden zu wahren. Trotzdem gab es an diesem ersten Adventssonntag eine «Pikage», wie Vater es nannte, wenn Mutter einschnappte. Und zwar eine ernstliche. Sie hatte allen Grund dazu. Liebevoll hatte sie den Salon für das Adventssingen hergerichtet. Unsere selbst gebastelten, leicht angesengten Transparente standen auf dem Flügel, ebenso das Adventshäuschen, und auch ein zweiter, von Agnes Heidepriem gebundener Adventskranz hatte dort seinen Platz gefunden. Mutter hatte die passenden Noten herausgesucht und den Salon heizen lassen, sodass es nach langer Zeit mal wieder richtig mollig warm war. Doch was taten wir an diesem Ort der Ruhe und des Friedens, in dem es angenehm teils nach frischem Tannengrün, teils nach Bohnerwachs roch? Wir entweihten ihn und verwandelten das Zimmer in ein Schlachtfeld. Und wer war schuld an diesem Desaster? Diesmal ausnahmsweise nicht Möpschen, sondern Vater.

Dabei hatte alles ganz harmlos angefangen. Angelockt von der Wärme in diesem Raum, der normalerweise einem Eiskeller glich, hatten meine Schwester und ich uns dort mit unseren Puppen niedergelassen und überaus wichtiges Tun begonnen mit An- und Auskleiden, Haarebürsten, Strafpredigthalten und gesundheitsfördernden gymnastischen Übungen wie Brücke oder Kopfstand, die wir selbst nie fertig gebracht hätten. Ein wenig später fand sich auch mein Bruder ein, seinen Karton voller Zinnsoldaten unter dem Arm. Zunächst übte er mit ihnen nur Exerzieren. Doch dann tauchte Vater auf und nahm die Sache in die Hand. Ehe wir's uns versahen, wurden auch meine Schwester und ich in das Geschehen hineingerissen: Es ging um die Schlacht bei Waterloo. Im Handumdrehen waren die Armeen aufgestellt, voran die Infanterie, eskortiert von Kürassieren, Ulanen, Dragonern und Husaren. Auch in unserem Spiel kamen die Armeen des Herzogs von Wellington sehr schnell in arge Bedrängnis, weil meine Schwester, die die französische Armee befehligte, mit einer kleinen Kanone zielsicher Erbsen auf die Zinnsoldaten abfeuerte, die nur so durcheinander purzelten. Die Gefallenen und Verletzten verfrachtete ich auf einen von Holzpferden gezogenen kleinen Leiterwagen und brachte sie zu dem Lazarett unter dem Flügel. Der Herzog von Wellington in Gestalt meines Bruders wusste bald nicht mehr, wo ihm der Kopf stand und wie er seine Soldaten ordnen sollte. Schadenfroh beobachtete ihn von der Lehne eines Sessels herab Kaiser Napoleon, als den wir einen Miniaturmops aus dunkelblauem Glas mit einem dreieckigen Papierhelm gekrönt hatten. Endlich eilten unter Vaters Kommando die Preußen herbei und setzten erstmals eine neue Waffe ein: Knallerbsen, die er noch schnell aus einer Schreibtischschublade hervorgezaubert hatte. Auf dem Höhepunkt des Gemetzels öffnete sich die Tür, und Mutter erschien, um festzustellen, warum wir so einen Heidenlärm machten. Knallerbsen zischten um ihre Füße, und sie rutschte fast auf einigen vom Kampf dahingerafften Kürassieren aus. Sie sagte den beliebten Satz: «Ich finde keine Worte», nannte Vater kindisch, rief: «Wie das jetzt hier aussieht!» und drohte, den Adventskranz samt Kerzen auf den Mist zu schmeißen und sämtliche Adventsutensilien auf den Boden zu bringen. Kein Advent, komme, was da wolle.

«Auch kein Weihnachtsstollen?», fragte Vater vorsichtig.

«Nichts», sagte Mutter und stürmte aus dem Zimmer.

Vater seufzte resigniert. «Eure Mutter ist heute wieder sehr nervös.» Er tat, als wären wir an allem schuld. «Wirklich schandbar. Räumt mal gefälligst auf!» Er warf noch schnell eine Knallerbse auf Napoleon, sodass dem der Dreispitz vom Kopf flog, und verzog sich.

Pflichtschuldig taten wir, was von uns erwartet

wurde. Als Erstes stellten wir den gläsernen Mops wieder auf Mutters Schreibtisch. Mit ihm hatte es eine besondere Bewandtnis. Er stammte noch aus Mutters Kindheit, und sie hielt ihn sehr in Ehren, obwohl er an Scheußlichkeit kaum zu überbieten war. Trotzdem besaß er für uns eine große Anziehungskraft, und wir waren in jeder Altersstufe hinter ihm her, obwohl Mutter uns ausdrücklich verbot mit ihm zu spielen und sich jedes Mal aufs Neue ärgerte, wenn wir es dennoch taten. Als Krabbelkinder leckten wir gern an ihm herum und weigerten uns brüllend, ihn wieder herzugeben. Später erwies er sich für so manches Spiel als brauchbar. Mein Bruder ließ ihn im Kinderzimmer den Pferdestall bewachen, meine Schwester benützte ihn für Schattenspiele, und ich legte ihn meiner Puppe als Froschkönig in den Schoß.

Nachdem der Mops seinen Platz wieder eingenommen hatte, klaubten wir die Zinnsoldaten vom Teppich und verstauten sie im Karton. Wir rückten die Möbel zurecht und nahmen unsere Puppen von den Stühlen. Nach einem prüfenden Blick durchs Zimmer meinte mein Bruder zufrieden: «Tadellos. Mutter kann sich abregen.»

Aber genau das tat sie nicht. Sie war nun mal ein Wiederkäuer – auch eine von Vaters Bezeichnungen –, was sich bei der Vesper bestätigte. Immerhin gab es den Stollen dann doch, wahrscheinlich, weil Mutter Mamsell nicht kränken wollte, die wie früher unsere Katze Miez-Miez mit ihren Mäuseleichen schon auf ein Lob lauerte.

«Waterloo!», sagte Mutter verächtlich. «Habt ihr nichts anderes im Kopf, als Krieg zu spielen, und auch noch ausgerechnet in der Weihnachtszeit?»

Wir starrten schuldbewusst auf unsere Teller, denn wir wollten ihr keinen Anlass zu einer erneuten Pikage geben. Vater sah das leider nicht so. Er brachte das Feuer wieder zum Lodern, indem er uns einen Vortrag über die historische Bedeutung von Schlachten hielt. So habe Waterloo Europa von einem Tyrannen befreit. Und wem hatte es die Alliance zu verdanken? Den Preußen. Und schon bekamen wir den Ausspruch des Herzogs von Wellington zu hören: «Ich wollte, es wäre Nacht oder die Preußen kämen.»

«Du mit deinen ewigen Sprüchen und Zitaten», sagte Mutter aufgebracht. «Und überhaupt, du bist doch derjenige, der sich immer über den Preußenkult lustig macht und darüber mokiert, dass in der Verwandtschaft noch so viel schwarzweiß geflaggt wird.» Sie warf meiner Schwester und mir einen ungnädigen Blick zu. «Und seit wann spielt ihr beiden eigentlich mit Zinnsoldaten?»

«Wahrscheinlich interessieren sie sich für den Beruf der Marketenderin», sagte Vater. «Der Train hat keine Fahne nich.»

Und wir ergänzten gehorsam: «Warum denn nich? Er braucht sie nich.»

«Lehrer Scheel wird entzückt sein, was du den Kindern für wichtige Dinge beibringst.»

«Ist er», sagte Vater. «Ist er. Könnte es vielleicht sein, dass der Stollen diesmal etwas klitschig geraten ist?»

Aber Mutter dachte nicht daran, den Ball zurückzugeben. «Sag's Mamsell, nicht mir. Sie ist für jede Kritik dankbar.»

Sie sahen sich an, und dann mussten sie beide lachen. Es wurde nun eine sehr ausgedehnte Vesper, bei der inzwischen die Dämmerung hereingebrochen war, denn die Eltern erinnerten sich. Und woran erinnerten sie sich? An ihre Kindheit, als man sie, im Gegensatz zu uns, in die Dorfschule geschickt hatte und in preußischer Sparsamkeit trotz Schloss und Dienerschaft die Butter auf die Pausenbrote mehr gekratzt als geschmiert wurde. Mit schauderndem Vergnügen hörten wir, wenn auch nicht zum ersten Mal, wie Mutter und unsere Tanten bibbernd und zitternd mit kaltem Wasser abgeschrubbt worden waren und dazu noch vom Kinderfräulein zu hören bekamen: «Reinlichkeit sei deine Freude, sie ziert mehr als Gold und Seide.» Vater wiederum kam noch heute nicht über die Geschichte mit dem in Goldpapier gewickelten Haustürschlüssel aus Marzipan hinweg. Er hatte bei den Großeltern mit anderen Köstlichkeiten ganz oben im Weihnachtsbaum gehangen, was ihn vor dem Zugriff der Kinder schützen sollte. Die mussten mit den billigen Zuckerkringeln an den unteren Ästen vorlieb nehmen. Und dann, als ihm der Großvater huldvoll erlaubte, sich von den oberen Zweigen etwas auszusuchen, hatte er auf den Schlüssel gezeigt, worauf sich alle kopfschüttelnd ansahen und ihn Großmutter ein unbescheidenes Kind nannte.

Danach war Mutter wieder dran und erzählte von der bösen Kusine, die einem Ferienkind übel mitgespielt hatte. Die böse Kusine machte gerade einen Nähkurs und wurde von ihrer Mutter dazu verdonnert, dem Ferienkind zur Übung ein Kleidchen zu nähen, was sie voller Ingrimm tat. Doch bei der Anprobe steckte sie die Nähte ganz eng ab und spickte sie förmlich mit Stecknadeln, sodass die Kleine nicht mehr wagte, die Arme herunterzunehmen. Dann sagte sie mit scheinheiliger Freundlichkeit: «Warte bitte einen Moment, ich bin gleich wieder da», und ließ sich nicht mehr blicken. Nur unter großen Schmerzen konnte sich das arme Ferienkind schließlich befreien. Die Geschichte liebten wir besonders, und meine Schwester hätte sie gern einmal an mir ausprobiert.

Dann kam Mutter auf Onkel Hans, ihren jüngsten Bruder, zu sprechen, das Herzepimpel der französischen Gouvernante, weil er so ein fröhliches blond gelocktes Kerlchen gewesen war. Er sei immer durchs Schloss gelaufen und habe gerufen: «Je suis joli, je suis joli!» So viel Vermessenheit konnten die älteren Geschwister natürlich nicht dulden: «Joli, joli? Dass wir nicht lachen», spotteten sie und behaupteten, er sähe doch eher aus wie ein zerquetschter Pfannkuchen. Da habe er sich vor den Spiegel gestellt und betrübt geflüstert: «Aber ein bisschen joli.»

Im Ersten Weltkrieg wurde Onkel Hans mit siebzehn Jahren in die Marne-Schlacht geschickt. Ganz verstört und verschlossen sei er zurückgekehrt und habe sich ein paar Jahre später erschossen.

«Und ihr», fuhr Mutter unvermittelt auf uns los, «spielt Schlachten nach. Waterloo! Ungeheuerlich.»

Wir gelobten feierlich Besserung, und Vater stand auf und sagte: «Wir gehen jetzt in den Salon, und du spielst uns was Schönes.»

Mutter nickte, und der Rest des Adventsnachmittags verlief wie immer. Das aufgefaltete Adventshaus begann bei jedem kräftigen Anschlag zu kippeln, die Kerzen hinter den Transparenten züngelten bedrohlich und mussten immer wieder weggeschoben werden. Mutter sagte, während sie «Vom Himmel hoch, da komm ich her» spielte, alle Augenblicke zu meinem Bruder: «Lass doch mal die Kokelei», weil er gern an dem weichen Wachs der Kerzen herumknetete, und Vater fand, unser Gesang klinge reichlich dünn. Mamsell kam herein, mit Möpschen auf den Fersen, und ihre kräftige Stimme sorgte dafür, dass man endlich erkennen konnte, was wir da eigentlich sangen. Möpschen wedelte unterdessen freudig durchs Zimmer, warf erst die Noten auf die Erde und dann mit leisem Klirren etwas, was wir im Halbdunkel nicht erkennen konnten. Als Vater ihm einen scharfen Blick zuwarf und seine Stimme sich hob, kroch das Tier unter den Schreibtisch und gab knackende Geräusche von sich.

Mutter hielt irritiert im Spiel inne. «Auf was kaut denn der Hund da herum?», fragte sie.

«Wahrscheinlich auf seiner Lutschstange», sagte Vater. «Diesem widerlichen abgebrochenen Kochlöffel.»

Aber dies erwies sich leider als Irrtum. Das,

was Möpschen erst nach strenger Ermahnung ausspuckte, war der gläserne Mops, den es nur noch in zwei Hälften gab.

«O Gott», sagte Vater. Wir, die Helden von Waterloo, sahen uns entsetzt an, und Vater murmelte: «Ausgerechnet der Hund von Onkel Hans.»

Doch Mutter nahm dieses Unglück erstaunlich gelassen. «Na ja», sagte sie. «Er war ja wirklich ziemlich scheußlich.» Sie hielt die beiden Hälften zusammen, und Vater schlug vor, man könne ihn vielleicht kleben.

«Schließlich ist er eine Erinnerung an deinen toten Bruder.»

«Wie kommst du denn darauf?», fragte Mutter verwundert.

«Nicht?» Vater war baff.

«Iwo. Er gehörte der bösen Kusine. Sie musste ihn mir zur Strafe schenken. Ich war das Kind mit den Stecknadeln.»

«Na so was», sagte Vater zerstreut, der mit seinen Gedanken ganz woanders zu sein schien, und betrachtete gedankenvoll den Mops. «Nun braucht er wenigstens nicht nach Sankt Helena.»

«Also wirklich», sagte Mutter.

Und dann sangen wir: «Morgen kommt der Weihnachtsmann, kommt mit seinen Gaben.

Trommel, Pfeife und Gewehr und ein ganzes Kriegerheer möcht ich gerne haben.»

11 Wer hat den Mann mit dem Koks bestellt?

Dutzende von Tintenwischern waren hergestellt, Untersetzer ausgesägt und bemalt, Schächtelchen beklebt, Taschentücher umsäumt, Deckchen mit Kreuzstich versehen, Topflappen gehäkelt – kurz, Unnützes für Onkel und Tanten en masse produziert, eingepackt und auf die Post gebracht. Die Messingklinken wurden gewienert, Petroleumlampen und Silber geputzt, die Dielen mit Bohnerwachs aufgefrischt, Kuh- und Pferdestall gründlich ausgemistet, Scheune und Remise aufgeräumt, die Tonne unter dem Plumpsklo geleert und der Hof gefegt. Denn die Vorweihnachtszeit näherte sich ihrem Ende. Heiligabend stand vor der Tür, was sich vor allem darin zeigte, dass wir Kinder alle guten Vorsätze vergaßen und lästig und unerträglich wurden. In diese schon etwas gereizte Stimmung platzte auch jemand herein, der uns dazu zwang, noch einmal zum Wischlappen zu greifen und die Messingklinke an der Haustür zu putzen. Begrüßt wurde der Jemand von Möpschen mit rasendem Gebell und von meinem Bruder mit dem Lied: «Mutter, der Mann mit dem Koks ist da. Junge, ach, Junge, das weiß ich ja. Ich hab kein Geld, du hast kein Geld, wer hat den Mann mit dem Koks bestellt?»

«Na, deine Mutter, du Dämlack», knurrte der Kohlenhändler ziemlich unfreundlich. «Und von wegen Koks.»

Er wandte sich zu meiner herbeieilenden Mutter. «Wohin soll ick denn die Briketts nu bringen, Frau Gräfin?»

«Auf den Boden bestimmt nicht», sagte mein Bruder, den mal wieder der Hafer stach.

«Sei nicht so vorlaut, Junge», sagte Mutter und warf dem Kohlenhändler einen entschuldigenden Blick zu. «Wie immer unter die Veranda!»

Doch mein Bruder, einmal in Fahrt, war nicht mehr zu bremsen. Wo immer er auftauchte, löste er Unmut und Ärger aus: «Musst du unbedingt hier in der Küche einen Flitzbogen schnitzen?» «Warum gehst du nicht in die Scheune?» «Immer mit dem Finger in die Töpfe, ist ja widerlich, so was!» «Kannst du nicht mal deine Schuhe vernünftig abputzen?» «Lass gefälligst den Hund in Ruh!»

Schließlich griff Vater ein. «Ich habe eine sehr schöne Aufgabe für dich», sagte er zu meinem Bruder, der gerade meinen kleinen süßen Teddy durch die Wäschemangel drehen wollte mit dem Hinweis, das bringe ihn wieder in Form, während ich voller Wut kreischend auf ihn einschlug. Mein Bruder erstarrte bei dem Ausdruck «schöne Aufgabe», und der Teddy kam noch einmal mit dem Schrecken davon. Nur seine Beinchen waren ein wenig plattgedrückt.

Mein Bruder sah Vater unbehaglich an. «Was denn?»

«Die Weihnachtspakete für euch liegen auf der Post. Die kannst du abholen.»

Mein Bruder machte ein erleichtertes Gesicht. «Warum nicht?», sagte er gönerhaft. «Dann will ich mal die Liese anspannen.»

«Liese anspannen?», wiederholte Vater. «Wir wollen doch dem armen Tier jetzt im Winter ein wenig Ruhe gönnen. Nein, du nimmst den Handwagen.»

Eine halbe Stunde später machte sich mein Bruder verdrossen auf den Weg, und niemand im Haus hatte Mitleid mit ihm. Als er wiederkam, saßen wir bereits bei der Vesper.

«Der Stollen ist leider alle», sagte Vater. «Aber wie ich dich kenne, isst du sicher genauso gern eine Schmalzstulle.»

«Nun lass doch mal das Kind», sagte Mutter. «Es ist ja noch reichlich in der Küche.»

Zu Fuß vier Kilometer hin und vier Kilometer

zurück, da war meinem Bruder aller Übermut vergangen, und, wie Mamsell sich ausdrückte, es herrschte erst mal Ruhe im Karton. Dafür bekamen wir Schwestern uns nun in die Haare. Es ging um den Sonntagsstaat unserer Puppen für Heiligabend. Selbstverständlich nahm meine Schwester das Vorrecht der Älteren in Anspruch und pickte sich das Beste für ihre dusselige Reinhild heraus, eine Puppe, die zwar mit den Augen klimpern konnte, deren «Mama, Mama» rufendes Stimmchen aber eher wie Ziegenmeckern klang. Ich wehrte mich lautstark dagegen, dass für meine Puppe ein viel zu kurzes, überdies nicht ganz sauberes Kleid übrig blieb, an dem auch noch die Druckknöpfe fehlten. Daraufhin erschien Mutter im Kinderzimmer und verkündete: «Schluss damit! Ich wasch euch jetzt die Haare», was bei mir pures Entsetzen hervorrief. Doch es gab kein Entrinnen. Sie machte mit mir den Anfang, und ich ließ die endlose Prozedur ergeben über mich ergehen. Der Herd strahlte mal wieder nur schwache Hitze ab, sodass ich fast eine Stunde mit geneigtem Kopf vor dem offenen Ofenloch saß, noch dazu von Möpschen bedrängt, der aufgeregt an meinem mit Bier gespülten Haar schnupperte. «Hau ab!», zischte ich ihn an. «Du bist auch noch dran.»

«Sehr richtig», sagte Mamsell, ergriff ihn am

Halsband und zerrte den Widerstrebenden nach draußen, um ihn dort so kräftig zu bürsten und zu kämmen, dass er zu winseln anfing.

Alles Unangenehme jedoch war schnell vergessen, als Vater sich mit uns auf den Weg machte, um den passenden Weihnachtsbaum auszusuchen, ein Staatsakt sondergleichen. Hatten wir uns ein paar Tage zuvor noch über die Käufer mokiert, weil sie Stunden brauchten, bis sie etwas Passendes fanden, standen wir ihnen jetzt in nichts nach. Es begann bereits dunkel zu werden, als Vater stehen blieb, auf eine Tanne deutete und sagte: «Die nehmen wir jetzt und damit basta!»

Wir schleppten sie stolz nach Haus, um sie von Mutter begutachten zu lassen, obwohl wir schon im Voraus wussten, dass sie sagen würde: «Ganz hübsch, aber nicht zu vergleichen mit dem vom vorigen Jahr.»

Auch diesmal kippelte der Baum im Ständer, hatte eine reichlich kahle Seite und musste ein ganzes Stück abgesägt werden, weil die Decke zu niedrig war.

Von jetzt an hatten wir im Weihnachtszimmer nichts mehr zu suchen. Die Schlüssellöcher hatte Vater mit Papier verstopft. Nur ab und an, wenn einer von den Eltern herauskam oder hineinging, konnten wir einen Blick erhaschen. Uns war lediglich gestattet, das Lametta vom vorigen Jahr zu glätten und die Kerzen in die Kerzenhalter zu klemmen.

Am Nachmittag des Heiligabend saßen wir in der Dämmerung im Nebenzimmer, den Karton mit den Geschenken für Eltern und Geschwister unter den Arm geklemmt, gestriegelt und gebürstet, angetan mit gesmokten Kleidchen, mein Bruder diesmal nicht im Marinelook, sondern in nagelneuen Knickerbockern. Wir warteten, warteten, warteten. Ab und zu kam Vater aus dem Weihnachtszimmer und sagte: «Es ist gleich so weit», während Mutter durchs Haus tobte auf der Suche nach einem Geschenk, das sie allzu gut versteckt hatte. Wir wussten genau, wo es lag, doch wir hüteten uns, es zu verraten, denn Mutter bildete sich allen Ernstes ein, dass ihre Kinder, im Gegensatz zu anderen, fern davon waren, herumzuschnüffeln.

Natürlich war ich genau in dem Moment, als die Bescherung beginnen sollte, nicht im Nebenzimmer, sondern, von der Aufregung getrieben, zum x-ten Mal auf dem Klo, und alle schrien aufgeregt nach mir, sodass ich kaum Zeit fand, meinen Schlüpfer richtig hochzuziehen. Die Türen öffneten sich, und nun verlief alles wie üblich nach dem festen Ritual: Weihnachtsgeschichte, «Stille Nacht», Geschenke austauschen, Geschenke bewundern, erst mal die Süßigkeiten von fremden Tellern naschen und dann die Feststellung, dass dieser Baum wirklich besonders schön sei. Geschmückt sah er überaus stattlich aus, wie er so dastand mit glitzernden Kugeln und brennenden Kerzen, sodass Vater sagte: «Ein Jammer um den schönen Baum, so voller Saft und Kraft. Und das Ganze nicht mal für eine Woche.»

Nach dieser Feststellung wurden die Päckchen ausgepackt. Dabei ermahnte uns Mutter, die Schnur nicht aufzuschneiden, sondern aufzuknüpfen und das Einwickelpapier im Hinblick auf das nächste Weihnachten pfleglich zu behandeln. Eine der Tanten hatte mich mit einem Poesiealbum bedacht, mit dem ich erst einmal die Familie ödete und dann am ersten Feiertag durchs Dorf zog, damit sich dort jedermann darin verewigte. Auch Opa Trägenapp musste ran, und er schrieb: «Vor den Menschen ein Adler, vor Gott ein Wurm, so stehst du fest im Lebenssturm.»

Aber das schönste Geschenk kam von der Kutscherfrau: eine kleine Katze für mich, die, wie ihre Vorgängerin, nun auch Miez-Miez gerufen wurde.

«Nicht schon wieder!», rief Vater mit gespieltem Entsetzen.

Zum Abendbrot gab es Kartoffelsalat mit Wiener Würstchen und am ersten Weihnachtstag Vaters Weihnachtsgans. Er redete uns zu, ordentlich von dem Rotkohl zu essen. Doch er brauchte nichts zu befürchten, denn die Gans war ihr Futter wert. Wir hatten noch lange etwas davon und konnten sie doppelt und dreifach verwerten. Aus den Geflügelknochen bereitete uns Mamsell eine köstliche Suppe, außerdem gab es Gänseklein und natürlich Gänseschmalz.

Für den Silvesterabend war der übliche Besuch bei Onkel und Tante vorgesehen. Da sie keine Kinder hatten, langweilten wir uns redlich vor uns hin. Zwar mussten wir anerkennen, dass sie unsere Geschenke sehr ehrten. Die lagen und standen überall herum und wirkten etwas befremdlich zwischen erlesenem Porzellan und auf zierlichen Tischchen. Wir wären aber trotzdem lieber zu Hause geblieben. Doch da ließ Vater nicht mit sich handeln und tadelte mal wieder unseren mangelnden Familiensinn, den er seinerseits aber, wie Mutter sofort behauptete, bei ihrer Verwandtschaft sehr vermissen ließ.

Auch an diesem Silvesterabend trat, wie vor dem Verkauf der Weihnachtsbäume, ein Ereignis ein, mit dem wir nicht gerechnet hatten. Als wir losfuhren, war von Schnee kaum die Rede gewesen. Um den Schlitten zu benützen, war die Schneedecke noch zu dünn, und so fuhren wir mit dem Wagen. Schon bei der Hinfahrt begann der Wind aufzufrischen und es fing an zu schneien. Im Speisesaal zog es durch die undichten Fenster wie Hechtsuppe, und wir bereuten, Mutters Mahnung «Zieht euch was Warmes unter» nicht befolgt zu haben. Es gab Karpfen blau und einen von der Tante selbst kreierten Nachtisch mit gehackten Nüssen und einer Weinschaumsoße, auf die sie sehr stolz war, die uns aber ziemlich fade schmeckte.

Bereits um zehn Uhr wurde Vater unruhig und ging nach draußen, um nach dem Wetter zu sehen. «Sieht nicht so gut aus», sagte er. «Ich denke, es ist besser, wir fahren jetzt schon zurück.»

Und das taten wir auch. Mitten im Luch blies uns der Sturm die Lichter in den Wagenlampen aus. Doch der frisch gefallene Schnee sorgte für genügend Helligkeit. Trotzdem verfuhren wir uns und drehten uns im Kreis, bis Vater einsah, dass es das Beste war, die Pferde den Weg nach Hause allein finden zu lassen. Und das taten sie auch mit Bravour und in einem solchen Tempo, dass der Wagen fast in einem Graben gelandet wäre. Vater versuchte, die Tiere mit lautem «Ho, ho!» zu beruhigen, und Mutter seufzte: «Jedes Jahr dasselbe!»

Dagegen verwahrte sich Vater entschieden.

«Was heißt hier, jedes Jahr dasselbe? Voriges Jahr ist doch nur die Deichsel gebrochen.»

Wir erreichten schließlich unbeschadet den Hof, und wir Kinder halfen dem Kutscher beim Ausspannen. Dann machten wir es uns im Weihnachtszimmer so richtig gemütlich. Vater zündete das Feuer im Kamin an und bereitete einen Punsch, den selbst wir Kinder vertrugen. Die Kerzen am Weihnachtsbaum wurden noch einmal angezündet, und Mutter erschien mit Bleifiguren zum Gießen. Mamsells reichlich mit Pflaumenmus gefüllte Berliner schmeckten uns tausendmal besser als der Nachtisch unserer Tante. Wir sangen nun nicht mehr «Vom Himmel hoch, da komm ich her», sondern Vater legte eine flotte Platte auf, die so ähnlich ging wie «Meine hat Beine wie keine».

Während der Sturm ums Haus tobte und das Haus geheimnisvolle Selbstgespräche führte, ließen die Eltern noch einmal das letzte Jahr an sich vorbeiziehen. Ihre Gedanken schweiften mal hierhin, mal dorthin, wobei sich Mutter besonders hervortat. Aber wir waren an ihre Gedankensprünge so gewöhnt, dass wir ihr trotzdem mühelos folgen konnten, egal, ob wir eben noch den Heiligabend mit ihr in einem Lazarett verbrachten, in dem sie als Krankenschwester tätig gewesen war, oder, statt die erwartete Pointe zu hören, uns plötzlich in einem Ballsaal befanden, in dem einer unserer Onkel einen fürchterlichen Fauxpas beging, weil er viermal hintereinander mit demselben Mädchen getanzt hatte, ohne hinterher um ihre Hand anzuhalten. Dann gedachten die Eltern der in diesem Jahr verstorbenen Onkeln und Tanten und wie viel Streit es hinterher um den Nachlass gegeben hatte. Auch wir Kinder erinnerten uns an unsere Toten, wenn es sich da auch ausschließlich um geliebte Tiere handelte: mein weißes Kaninchen, nicht zu vergessen Miez-Miez und den von einem Ferienkind Mamsell zugedachten Kanarienvogel, den Möpschen aus Versehen verschluckt hatte. Schneller, als wir dachten, war es Mitternacht, und wir tranken auf das neue Jahr, während sich der Wind im Schornstein ausheulte.

«Mein Gott, was für eine Silvesternacht», sagte Vater und spähte in die Dunkelheit. «Hoffentlich gibt es nicht zu viel Windbruch.» Er klopfte an das Barometer. «Und das fällt auch noch. Also keine Änderung in Sicht. Mit eurem Besuch bei den Vettern wird es wohl nichts werden.» Wir machten enttäuschte Gesichter.

Aber Mutter wusste was viel Besseres. «Dann habt ihr Zeit, gleich mit den Bedankungsbriefen anzufangen.»

12 Die Treibjagd

Kaum hatten wir nach Neujahr den Christbaum abgeschmückt, Lametta, Silberkugeln, Engelshaar, den großen goldenen Stern an der Tannenspitze, Kerzen und Wachsengel weggepackt, das heilige Paar nebst Jesuskind in der Krippe, Schafe und Hirten sowie die Heiligen Drei Könige aus dem Morgenland sorgfältig eingewickelt und behutsam in einem Karton verstaut, die Gabentische abgeräumt, jeden Zweig hoffnungsvoll nach vergessenen Schokoladenkringeln abgesucht, da stand uns bereits ein neues aufregendes Ereignis bevor: die Treibjagd. Während wir unter viel Gestöhne und Geschimpfe, von Vater mit mahnenden Zurufen bedacht – «Vorsicht, gleich geht die Petroleumlampe zu Bruch!», «Achtung, der Holzfuß zerschrammt die Tür!» –, den Baum in den Garten schleppten und dort auf den Rasen warfen, wo er zerhackt und verbrannt werden sollte, rückte Vater mit dieser Neuigkeit heraus.

Wir jubelten, aber Mutters Begeisterung hielt sich in Grenzen. «Gibt es denn überhaupt etwas zu schießen? Du klagst doch immer, dass sich in diesem Jahr kaum Rebhühner und Fasanen blicken lassen.»

Vater reagierte gekränkt. «Zu Tausenden, wie bei euch zu Haus, werden sie nicht gerade vom Himmel fallen. Aber der Bestand kann sich durchaus sehen lassen.»

Er gab Möpschen, der gerade sein Bein an der entweihten Tanne hob, einen Schubs. «Dieser Hund hat auch vor nichts Respekt!»

«Zu Tausenden?» Mutter schüttelte den Kopf. «Nun übertreib nicht immer so», und im selben Atemzug begann sie, mit einer gewissen Selbstgefälligkeit von ihren heimatlichen Jagden zu erzählen, bei denen die Büchsenspanner der Herren die Flinten kaum schnell genug laden konnten für die Scharen von Vögeln, sodass man eigentlich die Vögel nicht anzuvisieren, sondern nur die Büchse in den Schwarm zu halten brauchte.

«Vielen Dank», sagte Vater. «Wie man überhaupt Vergnügen daran finden kann, nur so herumzuballern, bleibt mir ein Rätsel.»

«Es wird sicher eine hübsche kleine Jagd», sagte Mutter milde. «Wen können wir denn erwarten?»

«Das Übliche», sagte Vater kurz und ging ins Haus.

Das Übliche waren in diesem Fall einige Onkel aus der Nachbarschaft mit ihren Frauen und die Bauern. Mutter seufzte. «Mamsell wird sich freuen. Das latscht uns dann anschließend mit dreckigen Stiefeln durchs Haus. Hoffentlich ist das Wetter einigermaßen, und es regnet nicht in Strömen wie beim letzten Mal.»

Doch in diesem Jahr trat das Gegenteil ein. Das Thermometer sank auf fünfzehn Grad unter Null, die Fensterscheiben überzogen sich mit Eisblumen, das Klo fror ein, am Schwengel der Hofpumpe klebte einem beim Pumpen die Hand fest, wenn man die Handschuhe vergessen hatte, und Vater gab wieder einmal die Geschichte von dem kleinen Jungen zum Besten, der bei dem Versuch, das Eis von der schmiedeeisernen Gartenpforte zu lecken, mit der Zunge festfror. «Da stand er nun», sagte Vater, «drei Stunden im eisigen Wind, konnte sich nicht rühren oder um Hilfe schreien.»

Mutter, die diese Geschichte im Grunde auch ulkig fand, aber manchmal eine beckmesserische Genauigkeit an den Tag legte, wies ihn darauf hin, dass es beim letzten Mal zwei Stunden gewesen seien. Aber über solch kleinliches Herumnörgeln war Vater erhaben. «Drei Stunden», wiederholte er. «Man musste erst heißes Wasser über ihn kippen, ehe er von der Pforte loskam.»

Bei so eisigen Temperaturen brauchte Mutter nicht mehr zu mahnen: «Zieht euch was Warmes unter.» Das taten wir jetzt freiwillig, und sogar ins Bett krochen wir mit dicken Socken und mit einer Strickjacke über dem Nachthemd. Trotz des Ofens wurde nachts das Zimmer so kalt, dass sich das Wasser im Waschkrug mit einer Eisschicht überzog, obwohl vor dem Schlafengehen noch einmal tüchtig nachgeheizt worden war. Wir zogen uns am liebsten unter der Bettdecke an und fuhren mit dem Schwamm nur mal eben übers Gesicht. Aber abends, wenn das Zimmer noch einigermaßen temperiert war, gab es keine Ausrede für diese Art Katzenwäsche, und Mutter sorgte dafür, dass wir uns vor dem Schlafengehen ordentlich wuschen.

Am Himmel zeigte sich in diesen kalten Tagen kein Wölkchen, die Sonne verschwand in prächtigem Abendrot hinter dem See, und nachts hing ein dicker Mond am funkelnden Sternenhimmel direkt über unserem Haus. Noch war allerdings an Schlittschuhlaufen nicht zu denken und auch nicht an Schlittenfahren. Nach dem Schneefall in der Silvesternacht hatte gleich wieder Tauwetter eingesetzt, und der Schnee war längst verschwunden.

Jetzt im Winter servierte uns Mamsell viel Deftiges: Kohlrouladen, Pökelfleisch, Linsen mit

Speck und an diesem Mittag Erbsenpüree mit Speck und Sauerkraut, von mir gehobelt und gestampft, worauf ich nicht oft genug hinweisen konnte. Doch anstatt mich, wie ich es erwartete, dafür zu loben, spielte Vater zerstreut mit seinem Serviettenring und hörte schweigend zu, als Mutter, nachdem sie das Mädchen hinausgeschickt hatte, in die Offensive ging und sagte: «Also, die Kälte hier drinnen ist einfach nicht mehr auszuhalten! Ab morgen wird das Esszimmer endlich geheizt!»

Wie kalt es war, ließ sich leicht an den Atemwölkchen erkennen, die beim Sprechen vor unseren Mündern standen. Statt des erwarteten Lamentos zeigte sich Vater zu Mutters Überraschung verwundert: «Selbstverständlich. Ich hab gedacht, das Mädchen hat so viel zu tun und ist nur noch nicht dazu gekommen.» Er schudderte ein bisschen. «Es ist wirklich saukalt hier drin. Aber prächtiges Wetter für die Jagd.» Er grinste uns an. «Vor allem für die Ehrentreiber. Dann braucht man wenigstens nicht euer Gejammer zu hören, wenn ihr euch durch verschneite oder tropfnasse Schonungen zwängen müsst, und auf dem gefrorenen Boden läuft es sich auch besser als durch Matsch. Ich denke, es wird eine nette kleine Jagd werden.»

«So war es doch bis jetzt jedes Mal», pflichtete

ihm Mutter bei, die immer noch verdattert darüber zu sein schien, dass der Wunsch nach einem geheizten Zimmer überhaupt keine Durchsetzungskraft erfordert hatte. Ein paar Minuten später wusste sie, warum.

Vater ließ die Katze aus dem Sack. Er schlug sich mit der flachen Hand an die Stirn und rief: «Mein Gott, ich hab ja ganz vergessen, dir zu erzählen, dass wir Übernachtungsgäste bekommen werden. Herr Ruhnke wollte unbedingt dabei sein, ich musste ihn einfach einladen.»

Mutter sah ihn argwöhnisch an. «Du sprachst im Plural.»

«Große Neuigkeit», sagte Vater. «Ihr werdet staunen. Herr Ruhnke hat sich verlobt. Seine zukünftige Frau ist auch mit von der Partie.»

Mutter starrte ihn ungläubig an. «Kannst du mir vielleicht sagen, wo ich diese Dame unterbringen soll? Doch wohl nicht mit ihm gemeinsam im Gästezimmer!»

«Herrn Ruhnkes Verlobte ist Witwe», sagte Vater in einem Ton, als seien Witwen grundsätzlich über jede Konvention erhaben und durch nichts zu kompromittieren, schon gar nicht, wenn es sich um ihren Verlobten handelte. Ehe Mutter etwas erwidern konnte, ergriff er die Flucht, murmelte, wie meist in solchen Fällen, etwas von einem Termin und verließ das Zimmer.

Mutters Mitteilung «Euer Vater ist verrückt», nahmen wir mit Fassung auf und auch, dass sie hinter ihm herlief, denn nun konnten wir uns in Ruhe dem Kirschkompott und dem Pudding widmen und uns darüber unterhalten, was Onkel Otto uns wohl mitbringen würde.

Der Besuch versetzte das Haus in Unruhe, denn es musste viel geändert und umgeräumt werden. Mein Bruder kam in die so genannte Mauke, eine unwirtliche Rumpelkammer, in der zwar ein Bett stand, in die man aber alles stellte, was einem im Wege war. Einen Ofen gab es in der Mauke nicht, und im Winter wehte einem Polarluft entgegen, sobald man die Tür aufmachte. Die Witwe kam in das Gästezimmer, und Onkel Otto sollte mit der spartanischen Bude meines Bruders vorlieb nehmen. Das lautstark geäußerte Missfallen meines Bruders über seine Umquartierung wurde ein wenig durch Vaters Hinweis gemildert, dass Onkel Otto, so wie er ihn kenne, sich bestimmt nicht lumpen lassen werde. Mein Bruder müsse es eben etwas geschickt anfangen, um ihn von seinem großen Opfer wissen zu lassen. Das leuchtete ihm ein. Meine Mutter dagegen fand es unmöglich. «Ich kann nur hoffen, mein Junge, du weißt, wie du dich einem Gast gegenüber zu benehmen hast. Und dass du mir auf keinen Fall aufdringlich wirst.»

Von Mutters Ermahnungen eingeschüchtert, verkniff er sich jede Klage und murmelte nur so etwas wie «doch ganz selbstverständlich», als ihn der Onkel darauf ansprach. Onkel Otto seinerseits quittierte dies mit einem lächelnden «Ganz der Vater» und einem freundschaftlichen Schlag auf die Schulter, ohne auch nur einen weiteren Gedanken daran zu verschwenden, wie sich wohl der arme Junge in seiner Eisgruft fühlen werde.

Die Jagdgesellschaft versammelte sich zu einem kleinen Frühstück in unserem Haus. Sie taten, als hätten sie eine Weltreise hinter sich, obwohl sie nur wenige Kilometer von uns entfernt wohnten, und putzten den von Mamsell zubereiteten Aufschnitt im Handumdrehen von den großen Silbertabletts. Das Repertoire an Geschichten, das sie dabei zum Besten gaben, war uns wohl bekannt und wurde nur durch ein, zwei neue ergänzt. Das meiste war von der harmlosesten Art, wurde aber von den anderen Jägern mit gebührendem Respekt aufgenommen – «Was du nicht sagst! Du hattest deine Patronen vergessen?» – und von den Frauen mit verhaltenem Gähnen höflich belächelt. Nur Onkel Otto verstand es, seinen Geschichten aus Afrika und anderen exotischen Ländern einen Hauch von Abenteuer zu verleihen. Doch obwohl wir Kinder sonst seine dankbarsten Zuhörer waren, galt unser Interesse diesmal ganz seiner Braut. Unsere hoch geschraubten Erwartungen, die zwischen Antilope und Gazelle schwankten – Onkel Ottos, wie er selbst immer sagte, bevorzugte Geschmacksrichtung in puncto Frauen –, wurden enttäuscht. Röschen, wie er sie nannte, hatte eher Frau Holle zum Vorbild und sah nicht gerade aus, als drehte sich jeder Mann auf der Straße nach ihr um. Dafür gewann sie Vaters Herz sofort, weil sie, im Gegensatz zu uns, wie er mehrfach betonte, nicht die Rederitis hatte und sich nicht verpflichtet fühlte, zu allem und jedem ihren Senf dazuzugeben, aber gleichzeitig so voller Mitgefühl und Verständnis war, dass nicht nur Mutter sich dazu verführen ließ, sie ein wenig als Klagemauer zu benutzen. Während sie ihr das Haus zeigte, wies sie wiederholt darauf hin, dass vieles noch sehr altmodisch und deshalb sehr unbequem sei, aber ihr Mann leider dafür wenig Verständnis zeige. Röschen legte ihre Hand leicht auf Mutters Arm. «Ich verstehe.»

Mamsell schlug in dieselbe Kerbe und machte mal wieder ihrem Herzen über den Herd, diesen Schrotthaufen, Luft. Und Röschen nickte und sagte: «Ich verstehe», hütete sich aber, ihren Ärger über Möpschen zu zeigen, der gerade ihren Rock besabberte, sondern sagte nur freundlich:

«Wahrscheinlich erschnuppert er Hannibal. Die beiden waren ja wohl ein Herz und eine Seele. Das muss man verstehen.»

Hannibal, der Dritte im Bunde, war von Onkel Otto bereits auf dem Flur unter dem Lampentisch abgelegt worden, wo er gehorsam wartete, bis die Jagd begann. Sein Halsband war vom Edelsten: weißes, schmiegsames Leder mit silbernen Beschlägen.

Unter großem Palaver bestieg die übersehbare Anzahl der Herren und Damen einschließlich der gedungenen Treiber einen Bretterwagen, während wir, die Ehrentreiber, hinterher laufen durften. Bis auf mich. Onkel Otto, der seine baumkuchenartige Kopfbedeckung gegen eine kecke Schiebermütze getauscht hatte, kommandierte mich an seine Seite, denn, wie er allen kundtat, waren so einem zarten Geschöpf wie mir die Strapazen des Treibens nicht zuzumuten. Ich sollte besser ihn und Röschen begleiten. Meine Geschwister machten finstere Gesichter, aber Vater, der unsere geschwisterlichen Rivalitäten gelegentlich gern ein wenig schürte, grinste und rief: «Ich verstehe!»

So stand ich denn, anstatt wie die anderen mit lautem «Has, Has!» durch das Gelände zu stolpern, auf dem mir angewiesenen Platz neben dem erwartungsvoll lauernden Onkel Otto, fror still vor mich hin und war mir nicht recht schlüssig, ob ich wirklich das bessere Los gezogen hatte. Onkel Otto war ungeheuer erfolgreich, jedenfalls für unsere Verhältnisse. Er schoss zwei Fasane, drei Rebhühner, mehrere Karnickel und drei Hasen. Während wir dauernd die Standorte wechselten, sehnte ich mich nach der Mittagspause und der köstlichen Erbsensuppe, die mit trockenen Semmeln und ein paar Flaschen Bier von Mamsell eigenhändig herausgebracht werden sollte. Ich fand, dass es nun genug war mit der Knallerei, und Röschen schien meine Meinung zu teilen, denn als ein verirrter Hase, unbemerkt von Onkel Otto, sich duckend ziemlich nah vorbeischlich, warf sie mir ihren Ich-verstehe-Blick zu und unterließ es, den großen Jäger darauf aufmerksam zu machen. Auch Hannibal rührte sich nicht. Wahrscheinlich tat ihm die Schnauze vom vielen Apportieren weh. Er schien mir überhaupt verändert. Auf jeden Fall war er dicker und bequemer geworden und zeigte große Anhänglichkeit an Röschen, die ihn Hasi nannte, eine etwas merkwürdige Bezeichnung für einen Jagdhund.

Wie vorauszusehen war, denn Vater hatte ihm die besten Plätze zugewiesen, wurde Onkel Otto Jagdkönig, ein Anlass, der natürlich im kleinen Kreis gebührend gefeiert wurde. Dabei stellten wir fest: Nicht nur Hannibal, auch Onkel Otto hatte sich verändert. Er steckte mir, vor den fassungslosen Blicken meiner Geschwister, einen Taler zu und nannte mich seinen hübschen kleinen Glücksbringer, lobte Vaters «edlen Tropfen» und streichelte Röschens Hand. Auch Hannibal bekam sein Lob in Form eines abgenagten Knochens, den er ihm zuwarf. Hannibal machte nicht viel Federlesens und schlang ihn ruck, zuck in sich hinein, ohne auf Onkel Ottos Zeichen zu warten. Mit dessen guter Laune war es vorbei, und der Hund duckte sich unter dem scharfen Ton, mit dem er zurechtgewiesen wurde.

«Warum in aller Welt soll der Hund sich schämen?», fragte Röschen stirnrunzelnd.

«Er darf erst fressen, wenn ich mit dem Finger schnippe», erklärte ihr Onkel Otto.

Die sanfte Braut reckte sich. «Bei mir schnippt niemand nach irgendjemand mit dem Finger», sagte sie in einem sehr nachdrücklichen Ton. «Für solche Albernheiten fehlt mir jedes Verständnis.»

Einen Augenblick schwebte der berühmte Engel durchs Zimmer, aber auch Onkel Otto war für eine Überraschung gut. «Wo sie Recht hat, hat sie Recht», sagte er lächelnd, und dann prosteten wir dem Jagdkönig zu.

Den Geschwistern wiederum fehlte jedes Verständnis für meine Bevorzugung, und so konnte ich betrübt nur noch ein Drittel des Talers in mein Sparschwein stecken.

13 Der ideale Lebenszweck

Mit unseren Schweinen ging es uns wie mit den Gänsen. Wir nahmen nur ungern Abschied von ihnen, auch wenn jedermann wusste, dass sie allein dem Zweck dienten, Räucherkammer und Weckgläser zu füllen. Als Erstes war diesmal Susi dran, weil sie einige Pfunde mehr auf den Rippen hatte als Senta. Ach, was waren diese beiden würdigen Matronen, die auf dem Hof nur noch wenig herumschnüffelten, einmal für flotte Ferkel gewesen! Quietschend und grunzend jagten sie die Hühner auseinander, steckten überall ihre neugierige Nase hinein und überrannten in ihrem Übermut fast das unter der Linde schlummernde Möpschen. Es sprang verwirrt auf und schnappte verdattert ins Leere, denn Susi und Senta befanden sich längst außer Reichweite. Gelegentlich begleiteten sie uns sogar zum See, wo mein Bruder eines Tages auf die nicht sehr gute Idee kam, Susi in den Kahn zu bugsieren, um ihr einen kleinen Ausflug zu gönnen. Das erschrockene Ferkel verfing sich derartig in einer Reuse, dass es vor lauter Zappelei fast über Bord gegangen wäre. Mein Bruder war heilfroh, als er es wieder an Land hatte, denn wir hatten so unsere Zweifel, ob Hausschweine schwimmen konnten. Dank Mamsells guter Pflege schwand Susis und Sentas jugendlicher Übermut sehr schnell. An warmen Tagen hielten sie sich am liebsten in der an den Schweinestall angrenzenden Bucht auf, wo sie ein bisschen herumwühlten oder sich im Schatten eines Holunderbaums träge im Sande räkelten. Mit Beginn der kalten Jahreszeit zeigten sie immer weniger Neigung, den warmen Stall zu verlassen und sich auf dem Hof ein wenig auszulüften.

Damit unsere zarten Kinderseelen nicht zu sehr erschüttert wurden, war Mutter sehr dafür, uns am Schlachttag zu Onkel und Tante aufs Nachbargut zu schicken. Vater enthielt sich bei dieser Überlegung einer Meinung. Mit Mutter eine Diskussion über zarte Kinderseelen anzufangen brachte nur Verstimmung. Andererseits, fand Mutter, war der Aufenthalt im Schloss unseres Großvaters, das Onkel und Tante bewohnten, auch nicht gerade empfehlenswert. Zentralheizung gab es ebenso wenig wie bei uns. Im ganzen Schloss waren höchstens zwei, drei Zimmer geheizt, und es gab nur ein Badezimmer mit Klo. Auf den eiskalten langen Fluren blickten neben wohlbeleibten Männern auch ein paar recht mickrig aussehende Jünglinge auf uns herab, von denen mein Onkel zu behaupten pflegte, sie seien in der Ritterakademie verhungert. Da das kinderlose Ehepaar gern seine Ruhe hatte, trieben wir uns meist in eisiger Kälte Stunden auf dem riesigen Dachboden herum und durchschnüffelten die dort abgestellten Frachtkörbe, Kisten und Koffer.

Mutter ließ den Gedanken, uns dorthin zu schicken, wieder fallen, zumal der Schlachter schon in aller Herrgottsfrühe erschien, während wir noch schliefen, und sein Handwerk begann, damit das an einer Leiter aufgehängte Schwein genügend auskühlen konnte, bis der Fleischbeschauer erschien und das Fleisch unter einem Mikroskop nach Trichinen absuchte. Als er seinen Stempel gegeben hatte, befand sich unsere arme Susi bereits aufgeteilt in großen Schüsseln. Nun konnte die Arbeit des Blutwurstrührens, des Einweckens, Einpökelns und das Stopfen der Würste beginnen. Am Anfang waren wir noch hinter dem frischen Hack für die Schlackwurst her, aber nach ein paar Stunden hatten wir diese Köstlichkeiten satt und sehnten uns nach Zucker- und Streuselkuchen, den Mamsell glücklicherweise reichlich gebacken hatte und der für die fleißigen Helfer bereitstand. Auch der von Vater gespendete Obstler fand guten Zuspruch und sorgte für aufgeräumte Stimmung. Möpschen hatte so viel in sich hineingeschlungen, dass ihm schlecht wurde, und er entleerte sich im Flieder. Das Dorf holte sich, wie es Sitte war, von der reichlich vorhandenen Brühe. Würste, Eingewecktes und in Tontöpfen Abgefülltes und mit einer Schmalzschicht Versehenes wie die Plumpwurst wurden jedes an seinen Platz im Vorratskeller gebracht. Möpschen legte sich neben die vorübergehend vor der Räucherkammer aufgehängten Würste, um sie unter vielem Schnuppern und Seufzen zu bewachen. Vater schüttelte den Kopf. «Was haben wir nur für einen Masochisten im Haus.»

Die von Fett triefende Küche wurde abgeseift und gescheuert, und alle verlangte es in den nächsten Tagen nur noch nach duftigen Omeletts, Reisaufläufen, Eierkuchen oder Kartoffelpuffern. Doch dieser Zustand ging schnell vorüber, und wir erfreuten uns an frischem Griebenschmalz, Wellwürsten oder Koteletts mit Kartoffelbrei und Sauerkraut und dem herrlichen, in extra großen Einmachgläsern eingeweckten Schweinebraten.

An Susi erinnerten wir uns nur noch selten. Auch Senta schien sie nicht weiter zu vermissen. Zu unserer Verblüffung hatte sie sich mit Möpschen angefreundet oder er mit ihr. Jedenfalls begrüßte er sie, wenn er Mamsell zum Füttern in den Schweinestall folgte, mit einem herzlichen Schwanzwedeln, was Senta mit einem höflichen Grunzen erwiderte. Sobald Mamsell sie auf den Hof ließ, fand sich auch Möpschen ein und brachte sie dazu, ihm durchs Dorf zu folgen. Gelegentlich trottete Senta sogar bis zum Witzker See hinter ihm her. Doch dummerweise wurde sie durch diese Ausflüge sichtlich schlanker, und das war nun mal nicht ihr Lebenszweck. So sperrte Mamsell Möpschen ein, während Senta ihren Hofgang hatte, was den Hund zu rasendem Gebell veranlasste, sodass Mamsell ihm erst den Teppichklopfer zeigen musste, damit er Ruhe gab. Senta vermisste ihn sichtlich und rannte mit fragendem Grunzen von einer Ecke des Hofes in die andere, stieß häufig zum Ärger des Kutschers einen der Wassereimer neben der Pumpe um und trollte sich dann resigniert in Richtung Stall.

«Was hat man dir, du armes Kind, getan?» Vater schupperte sie mitleidig ein wenig mit dem Stallbesen.

«Getan?», sagte Mutter. «Wird man tun.»

Wir nahmen wenig Anteil an Sentas Enttäuschung, denn inzwischen hatte es geschneit, und der Schnee war hoch genug, um den Schlitten aus der Remise zu holen und mit ihm zum Fährberg zu ziehen, unserer traditionellen Rodelbahn. Es war nicht einfach, bei der rasenden Talfahrt zwischen den hohen Kiefern hindurchzusteuern. Außerdem gab es viele Kuhlen, durch die der Schlitten in hohen Bocksprüngen sauste. Und so hielt sich meine Begeisterung fürs Rodeln sehr in Grenzen. Aber für mich als Jüngste galt natürlich die Devise: Dabei sein ist alles, und ich war in ständiger Sorge, ich könnte etwas verpassen. Die Geschwister wiederum fanden es äußerst lästig, mich dauernd an den Hacken zu haben, wie sie es nannten. Und so gaben sie sich auch diesmal redliche Mühe, mir dieses Vergnügen auszureden.

«Denk doch nur an voriges Jahr», sagte mein Bruder, «als du mit dem Schlitten voll gegen den Baum geknallt bist und mit Gehirnerschütterung ins Bett musstest.»

«Das Knie hattest du dir auch geprellt», kam ihm meine Schwester zu Hilfe.

Sie überboten sich in Schilderungen der Blessuren, die ich jedes Mal beim Rodeln davongetragen hatte: zwei Milchzähne verloren, eine fast gebrochene Nase, die lange Zeit einem Kürbis glich, das völlig zerkratzte Gesicht, weil ich in einen Brombeerstrauch gerauscht war. Sie sprachen mit gütiger, verständnisvoller Nachsicht und boten mir als Ausgleich Verlockendes an: mit dem Stabilbaukasten meines Bruders oder der dämlichen Lieblingspuppe meiner Schwester zu spielen, die ich nicht einmal geschenkt haben wollte, aber hin und wieder als Glucke missbrauchte und auf Marmeln setzte, die sie ausbrüten sollte. Doch ich wollte nun mal mit und rannte jammernd zu meiner Mutter, um mich zu beschweren.

«Was ist denn nun schon wieder los?», fragte Mutter unwillig, die gerade dabei war, mit Mamsell das Haushaltsbuch durchzugehen. «Ewig diese Zankerei!»

Meine Geschwister reagierten gekränkt. Sie hatten nur mein Bestes im Auge. Mutter wisse ja, wie rüpelhaft unsere Vettern seien, die heute herüberkommen wollten. Wer weiß, was mir da alles passieren könne. Aber gut, gut, sie hätten mich gewarnt.

«Ihr müsst eben auf sie aufpassen.» Mutter wandte sich wieder dem Haushaltsbuch zu.

«Meinetwegen, du Matschpflaume.» Mein Bruder gab mir einen Puff, und wir trotteten aus der Küche.

Bald darauf trafen meine Vettern ein, und nachdem sie artig ihren Diener bei den Eltern gemacht hatten, schlenderten sie mit kritischen Bemerkungen über den Hof und durch die Ställe. Diesmal hatten sie ein neues Wort. Sie fanden alles spickig.

«Kuck mal, die Schaukel! Mann, ist die spickig.» – «Kuck mal, die Reckstange! Wohl mehr für spickige Zwerge gedacht.» – «Kuck mal, das spickige Pferd! Haben sie wohl vom Abdecker gekauft.»

Wir ärgerten uns schwarz, hielten aber den Mund. Nur Möpschen fand Gnade vor ihren Augen. Ihn fanden sie phänomenal.

Endlich zogen wir los, und sie fragten mich scheinheilig, ob ich nicht Lust hätte, Pferd zu spielen und sie auf ihrem Schlitten zu ziehen. Ich tippte mir nur an die Stirn und fand erstaunlicherweise Unterstützung bei meinem Bruder. «Pferd spielen! Die kann doch schon lesen!»

«Lesen?», fragten sie ungläubig.

«Besser als ihr allemal», sagte mein Bruder.

Obwohl der Berg eher einem Hügel glich, wurde mir ziemlich blümerant, als wir oben angekommen waren, und ich hatte das Gefühl, das Unterholz sei noch dichter als im letzten Jahr. Während die anderen bereits juchzend hinunterrodelten, sah ich ihnen nur unschlüssig zu.

«Na, was is nu?», riefen die Vettern. «Willste Wurzeln schlagen oder was?»

Und während sie den Berg wieder heraufgestapft kamen, ahnte ich Schlimmes. Bestimmt würden sie mich jetzt auf einen Schlitten setzen und hinunterschubsen. Doch in dem Augenblick kam die Rettung in Gestalt von Martel, unserer Konfirmandin vom Frühjahr. Neuerdings ließ sie sich hin und wieder bei Mamsell blicken. Sie war inzwischen in Stellung auf einem großen Gut, nicht sehr weit von uns, das einem Industriellen gehörte, war vom Küchenmädchen zu einer Art Zofe der gnädigen Frau avanciert und kam eigentlich nur vorbei, um über unser Haus die Nase zu rümpfen, vor allen Dingen über die Küche, was Mamsell maßlos ärgerte. Selbstverständlich verfügte das Schloss über eine Heizung, elektrisches Licht, fließend warmes und kaltes Wasser, vier Klos, ein Bad ganz allein für die Herrschaft und natürlich einen Eisschrank in der Küche. Mamsell, der nicht mal ein Eiskeller zur Verfügung stand, blickte säuerlich.

«Parvenüs», murmelte sie vor sich hin und dann, zu Martel gewandt: «Wie ich höre, bist du jetzt Stubenmädchen. Die Mamsell wird heilfroh gewesen sein, dich nicht mehr in der Küche zu haben.»

Heute ließ sich Martel sogar herab, uns beim Schlittenfahren zuzusehen. Sie kam nicht allein. Sie hatte jetzt einen Freund. Er war frisch gebackener Geselle beim Schmiedemeister Zachen und hatte schaufelartige Hände, die sehr geschickt mit Hammer, mit Pferden und Hufeisen umzugehen wussten. Für uns war er daher eine absolute Respektsperson, auch für die Vettern. Er erfasste sofort die Situation, und ich durfte nun, wohlgeborgen zwischen Martel und ihm, mit dem Schlitten den Berg hinuntersausen. Es war herrlich, und nicht ein Mal kippten wir um oder landeten im Unterholz.

Bei der Vesper führte ich das große Wort. Mutter war voller Bewunderung für meinen Mut. Meine Geschwister und der Besuch widersprachen nicht. Sie waren zu sehr damit beschäftigt, sich in rasender Eile mit Mohnstriezeln voll zu stopfen, und ehe ich mich's versah, hatten sie mir das letzte Stück vor der Nase weggeschnappt.

Danach verabschiedeten sich unsere Vettern ziemlich eilig, nicht ohne mich noch einmal kräftig am Zopf zu ziehen und mir zu versichern, ich sei das spickigste Mädchen, das ihnen je begegnet sei. Sie vergaßen aber nicht, in die Küche zu gehen, um sich bei Mamsell artig für den herrlichen Kuchen zu bedanken.

In dieser Nacht, als wir alle besonders tief und fest schliefen, passierte etwas, mit dem wir endlich mal wieder unser allmählich austrocknendes Reservoir an Geschichten auffüllen konnten. Nicht nur die ganze Gegend sprach über den Vorfall, sondern sogar der *Westhavelländer* berichtete darüber. Wie wir am Morgen feststellten, war nicht allein Senta aus ihrem Stall gestohlen worden, sondern, so hieß es, kriminelle Elemente hatten auch in den Nachbardörfern mehrere Schweineställe aufgebrochen, um sich der Schweine zu bemächtigen, sodass der Landjäger alle Hände voll zu tun hatte, um alles ordnungsgemäß zu Protokoll zu nehmen.

Wir waren fassungslos. «Und was machen wir nun?», fragte Mutter bestürzt. «Mit einem Schwein kommen wir für ein Jahr nicht über die Runden.»

Vater nahm die Sache in die Hand und bestellte beim Schlachter Ersatz. Ob Senta besser geschmeckt hätte, sei dahingestellt. Dafür wurden unsere zarten Kinderseelen geschont. Das Schwein wurde, säuberlich vorbereitet, in Stücken geliefert, und niemand von uns wusste, wie es in seiner Jugendblüte ausgesehen hatte.

14 Grüne Woche und Kurmärkerball

Wie in den meisten Familien, brauchten auch wir gelegentlich Verbündete, um unsere Wünsche durchzusetzen. Mutter war dafür natürlich am leichtesten zu gewinnen, aber oft ungeeignet, vor allem, was Mamsell betraf, die es nicht gern sah, wenn Mutter sich in ihre Kompetenzen einmischte. So reagierte sie äußerst ungnädig, als Mutter sie zu überreden versuchte, mich doch einmal Eierkuchen backen zu lassen. «Dafür ist sie viel zu tollpatschig, und sie bekommt die schwere Pfanne nicht in den Griff.»

«Ein kleiner Versuch», bettelte Mutter, die mein hartnäckiges Herumgenöle satt hatte.

Der kleine Versuch endete mit einer großen Schweinerei. Entweder segelten die Eierkuchen wie nasse Waschlappen auf den Herd und verbreiteten dort grässlichen Gestank, oder beim Wenden flog das halbe Fett aus der Pfanne, weil ich viel zu viel davon hineingetan hatte. Mamsell riss die Fenster auf und mir die Pfanne aus der Hand. «Nun ist es aber wirklich genug!»

Mein Bruder, der stolze Angler, war meist von großem Nutzen, vor allem bei Mamsell. Aber sein Beistand hatte seinen Preis. Vorher musste ich ihm zu Diensten sein und ihm all die Verrichtungen abnehmen, die von uns erwartet wurden, die ihm aber, wie er jedes Mal murrte, zum Halse raushingen. Zum Beispiel Schuhe putzen. Wenn ich meine Sache zu seiner Zufriedenheit erledigt hatte, ließ er seine diplomatischen Künste bei Mamsell spielen. Er fragte nach ihrer früheren Herrschaft, lobte das Mittagessen, das wirklich sehr lecker geschmeckt hatte, denn es hatte Leber mit Äpfeln und Zwiebeln, Apfelmus und Kartoffelbrei gegeben, und er bedauerte sie, dass sie auf diesem Schrotthaufen von Herd kochen musste. Aber er vermied jede Übertreibung, denn Mamsell wurde schnell misstrauisch und fragte dann nur kurz: «Also, was willst du? Mach nicht so viel Heckmeck.» Abschlagen konnte sie ihm nur selten etwas, auch wenn ihr manche seiner Wünsche ziemlich aberwitzig vorkamen. So auch dieser, den ich ihm aufgetragen hatte. «Was willst du denn mit dem Wäschesprenger?»

Mein Bruder murmelte etwas von Feuerwehr spielen und flitzte mit dem Sprenger aus der Küche in den Flur, wo ich schon auf ihn wartete, weil ich meine Puppenwäsche einsprengen wollte.

Mir hätte Mamsell den Sprenger in der weisen Voraussicht, dass ich damit nur eine Überschwemmung anrichten würde, nie gegeben.

Meine Schwester wiederum erwies sich als recht brauchbar, wenn ich etwas von Vater wollte. Allerdings gehörte dazu einige Vorarbeit. Sie bestand darin, ihre Vorherrschaft als große Schwester zu bestätigen, an die ich mich ebenso vertrauensvoll wenden konnte wie an Mutter. Manchmal hatte ich einfach keine Lust, an den Wochenenden zu Onkel und Tante zu fahren. Ich blieb lieber zu Hause, wo ich das ganze Haus endlich mal allein für mich hatte. Also krächzte und hustete ich so lange in Gegenwart meiner Schwester herum, bis sie fragte: «Was ist denn mit dir los?» Und ich flüsterte ihr zu: «Ich habe wahnsinnige Halsschmerzen, aber bitte Mutter nichts sagen.»

Meine Schwester ergriff einen Suppenlöffel, sagte wichtigtuerisch: «Mach mal deinen Mund auf», und versuchte, mir mit dem Stiel die Zunge herunterzudrücken, wobei sie meine Mandeln kräftig rammte. Sie sah natürlich nichts, sagte aber mit bedenklicher Stimme «Hmmh, aha» und eilte, zwar nicht zu Mutter, aber zu Vater, um ihm zu verkünden, sie halte es für besser, wenn ich zu Hause bliebe. Vater zeigte sich zunächst nicht sehr interessiert. Aber nachdem meine

Schwester diesen Satz mit ihrer Trompetenstimme mehrmals wiederholt hatte, wollte er schließlich doch den Grund wissen.

«Mandelentzündung», sagte meine Schwester. «Du weißt doch, mit den Mandeln hat sie's immer. Aber ich sag's Mutter nicht. Die regt sich bloß gleich wieder auf.»

«Sehr richtig», sagte Vater.

«Womöglich bleibt sie vor lauter Sorge auch noch zu Haus.»

«Was bist du doch für ein kluges Kind. Wenn wir dich nicht hätten!», sagte Vater, der äußerst ungern allein mit uns Kindern Besuche machte. «Aber ich glaube, so schlimm wird es mit den Mandeln nicht sein.»

Er fand auch gleich einen anderen triftigen Grund für mein Zuhausebleiben. Ein Heimatforscher aus Rathenow hatte sich für diesen Nachmittag angesagt, um sich eine alte Eiche im Wald anzusehen, unter deren Ästen angeblich einst Wallenstein Schatten gesucht hatte.

«Das hast du dem Mann erzählt?» Mutter sah ihn ungläubig an. «Ich fasse es nicht.»

«Sei es, wie es sei», sagte Vater. «Dieser Mensch kommt jedenfalls irgendwann, und dann wäre es doch sehr unfreundlich, wenn keiner von uns da wäre, um ihm den Baum zu zeigen.»

Mutter sah das ein, bedauerte mich aber sehr

und fand, dass mein großes Opfer ebenso großes Lob verdiente.

Auch unter den Erwachsenen wechselten die Bündnisse je nach Anlass. So scheute sich Vater nicht, mit Mamsell ein Herz und eine Seele zu sein, wenn Mutter Neuerungen in der Küche plante, die beide völlig überflüssig fanden, wenn auch aus ganz verschiedenen Gründen: Vater, weil ihn das Geld reute, das dafür wieder verschwendet werden sollte, Mamsell, weil der Vorschlag nicht von ihr, der Meisterin des Kochlöffels, kam. Sie ihrerseits hatte nur einen Wunsch, und das war ein neuer Herd. Mutter war zwar auf ihrer Seite, hatte aber, wie Mamsell fand, nicht den Mumm, diesen Wunsch beim Herrn Grafen durchzusetzen.

Im Allgemeinen griff Vater jedoch, wenn er Nachdruck brauchte, lieber auf die alte, praktischerweise verstorbene Generation zurück, wahre Wundermenschen an Weisheit, so zum Beispiel unser Großvater. Wenn Mutter den Versuch nicht aufgab und immer wieder von einer etwas längeren Reise anfing, nicht nur so weit, wie man den Pferden zumuten konnte, also höchstens zwanzig Kilometer, und nicht nur nach Berlin oder zur Verwandtschaft, sondern ganz woanders hin, denn Mutter zog es nach Italien, bekam sie schon zu hören: «Mein Vater hat immer gesagt: Bleibe im Lande und nähre dich redlich. Und so wollen wir es auch halten.»

Auch wir wurden bei passender Gelegenheit mit einem Spruch unseres Großvaters bedacht. Wenn Vater uns großzügig fünf Pfennige ins Sparschwein steckte und wir ihm mit beredtem Schweigen zu verstehen gaben, dass wir das reichlich schoflig fanden, erinnerte er uns an Großvaters Lieblingsspruch vom geehrten Pfennig. Dabei soll dieser Großvater dem Roulette sehr zugetan gewesen sein, und auch Vater war als Leutnent dem Kartenspiel keineswegs abgeneigt.

Doch wesentlich unangenehmer als dieser uns unbekannte Großvater war es, wenn beide Eltern zu Verbündeten gegen uns wurden und sich plötzlich völlig einig waren, nun müsse endlich mal durchgegriffen werden: «Tu gefälligst, was deine Mutter sagt!» «Sitzt du auf deinen Ohren? Dein Vater hat dich was gefragt!» Wir seufzten unter der gemeinsam geschwungenen Knute, wussten aber auch, dass dieser Zustand nicht lange dauern würde.

Wir Kinder waren jedoch als Schützenhilfe für die Erwachsenen weniger zu gebrauchen. Für Zwecke, die mit Haus und Hof nichts zu tun hatten, holte man sich lieber Unterstützung in der Nachbarschaft, zum Beispiel bei Onkel Waldemar und Tante Augusta, die ihrerseits bei ihren grundverschiedenen Interessen abwechselnd Vater oder Mutter als Verbündete brauchten. So auch, wenn es um die Entscheidung ging: Grüne Woche oder Kurmärkerball. Den Kurmärkerball auch nur in Erwägung zu ziehen lehnten beide Männer strikt ab, dafür plädierten sie mit Nachdruck für die Grüne Woche, Mutter und Tante Augusta dagegen mit derselben Verve für den Kurmärkerball.

«Die Jagdausstellung ist für mich ungeheuer wichtig», sagte Onkel Waldemar, der hinterher jedes Mal in Schwermut fiel, weil das Geweih seines erlegten Hirsches keine Punkte bekommen hatte. Vater unterstützte ihn mit dem Hinweis, dass man sich bei den gebotenen landwirtschaftlichen Vorträgen gewissermaßen geistig düngen lassen könne und nebenbei Interessantes über die Viehzucht erfahre.

«Besonders interessant für Menschen wie uns, die drei Kühe im Stall haben», sagte Mutter spitz, ein Einwand, den Vater überhörte. Stattdessen versuchte er, die Frauen mit einem Besuch in der Scala, im Admiralspalast oder im Wintergarten zu locken. Das Programm dort sei doch immer sehr nett.

«Nett allein genügt nicht», sagte Mutter. «Man möchte auch mal wieder ein bisschen tanzen.»

Aber meistens setzten sich die Männer durch, und Mutter hatte auch in diesem Jahr nicht viel Hoffnung, dass es mit dem Kurmärkerball klappen würde, zumal Onkel Waldemar ein eher sturer Typ war, hatte er es doch fertig gebracht, als sie nach einem Diner erst gegen Mitternacht heimgekehrt waren, seine Frau in eisiger Kälte ausharren zu lassen, weil er die Schlosstür nicht aufbekam und weder auf den Kutscher noch auf Tante Augusta hörte, die beide auf ihn einredeten, dass er den falschen Schlüssel beim Wickel habe.

Doch diesmal lief alles anders. Der sture Onkel hatte die Fronten gewechselt und plädierte ebenfalls für den Kurmärkerball. Vater war ganz verwirrt. «Du willst auf den Ball? Ausgerechnet du?»

Ja, sagte Onkel Waldemar sehr bestimmt, das wolle er. Schließlich habe Augusta auch mal etwas anderes verdient als den Anblick von Massen veredelter Landschweine und Zuchtbullen. Vater wurde überstimmt, und Tante Augusta war zu Tränen gerührt über das ihr dargebrachte Opfer.

«Was ist denn bloß in Waldemar gefahren?», fragte Vater, während Mutter, kaum hatte das Ehepaar das Haus verlassen, an ihren Schrank gestürzt war und dort nach passender Garderobe herumwühlte. «Völlig übergeschnappt, der Junge», murmelte Vater.

«Ich würde es rührend nennen», sagte Mutter und stellte fest, dass sie mal wieder nichts Vernünftiges anzuziehen hatte. Glücklicherweise konnte sie auf ein kleines Eigenkapital zurückgreifen, das sie mit unter «Diverses» im Haushaltsbuch geführten Beträgen aufzufüllen pflegte. So fuhr sie gleich am nächsten Tag nach Rathenow und kaufte ein langes, seidenes, fast hautenges, in zartem Grün gehaltenes, ziemlich ausgeschnittenes Kleid, dessen Preis angeblich nicht der Rede wert war, Vater aber doch einen tiefen Seufzer entlockte, wenn auch von einem bewundernden Lächeln begleitet, weil er zugeben musste, dass es sie hervorragend kleidete.

Wie immer vor großen Ereignissen stand das Haus Kopf, und es gab einige unangenehme Zwischenfälle. Vater schnitt sich derartig beim Rasieren, dass er mit einem Pflaster verziert herumlaufen musste, Mutter suchte verzweifelt ihr brokatenes Abendtäschchen und erregte sich fürchterlich, als sie es schließlich im Puppenwagen entdeckte, Möpschen deponierte seine geliebte Lutschstange, den hölzernen Kochlöffel, auf Vaters blütenweißem Frackhemd, das auf dem Bett liegend darauf wartete, in den Koffer gepackt zu werden.

Am Morgen darauf, bevor es losgehen sollte, funkelten die Wege im Schein der matten Wintersonne vor Glatteis. Glücklicherweise waren die Füchse nicht beschlagen, weil Vater das bei Sandboden für unnötig hielt, was die Rutschpartie minderte. Während die Eltern auf den Wagen kletterten und in die Fußsäcke schlüpften, kam Mamsell noch mit einer Thermosflasche heißem Kaffee und den Reisebroten gerannt. Wir atmeten auf, als sie endlich weg waren und nach Aussage des Kutschers rechtzeitig, wenn auch auf den letzten Drücker, die Kleinbahn erwischt hatten, die mal wieder, mit mahnenden Pfiffen, auf die beiden gewartet hatte.

«Na, hoffentlich amüsieren sich die Herrschaften», sagte Mamsell, die nun für zwei Tage Mutters Position einnahm, und erkundigte sich äußerst leutselig nach unseren Essenswünschen, woraufhin wir uns natürlich sofort in die Haare bekamen, weil jeder etwas anderes wollte: mein Bruder Milchreis mit Zimt und Zucker, meine Schwester Arme Ritter und ich Frikassee mit Reisrand.

«Frikassee mit Reisrand am Wochentag», sagte Mamsell tadelnd. «Man sollte es nicht glauben.»

Ihre Sorge, die Herrschaften könnten sich vielleicht nicht amüsieren, erwies sich als unbegründet. Jedenfalls kamen sie sehr aufgekratzt zurück und hatten uns mehr mitgebracht als den Würfelzucker aus dem Hotel und die üblichen Katzenzungen: ein Geschicklichkeitsspiel, das Diabolo hieß.

Sie waren noch so erfüllt von dem, was sie erlebt hatten, dass sie, als sie sich im Nachhinein noch einmal daran ergötzten, unsere Anwesenheit vergaßen. Wir verhielten uns mucksmäuschenstill, um ja nichts zu verpassen.

Zunächst war alles wie geplant verlaufen. Im christlichen Hospiz hatten sie sich mit Onkel und Tante getroffen, gemeinsam einen Bummel über den Kurfürstendamm gemacht, sich danach ein wenig aufs Ohr gelegt, um für den Abend frisch zu sein, und dann begonnen, sich umzuziehen. Doch da sei dem Onkel plötzlich schlecht geworden. Irgendetwas musste ihm nicht bekommen sein. Vielleicht hatte die Bouillon im Bahnhofsrestaurant einen Stich gehabt, vielleicht war eine Grippe im Anzug, vielleicht machte ihm sein Herz zu schaffen, jedenfalls fühlte sich Onkel Waldemar äußerst malade und beschloss, im Bett zu bleiben. Tante Augusta sah all ihre Felle davonschwimmen. Sie hatte ihren Waldemar sehr jung geheiratet und war von der strengen Schwiegermutter dahingehend abgerichtet worden, dass im Leben einer Ehefrau nur eines zählt: ihr Mann. Und so sah sie sich schon tröstend auf der Bettkante sitzen und mit Wärmflasche und heißen Wickeln zwischen Badezimmer und Schlafzimmer hin-

und hereilen. Aber Onkel Waldemar zeigte sich von der hochherzigsten Seite und verzichtete, von seiner eigenen Großmut ganz überwältigt, auf ihre Anwesenheit. Ja, er bat sie sogar ausdrücklich, keine Rücksicht auf ihn zu nehmen und so lange zu bleiben, wie es ihr Spaß mache. Glücklich zog sie mit unseren Eltern ab und amüsierte sich dann auch wie Bolle. Aber ihr eingebimstes Pflichtbewusstsein ließ ihr keine Ruhe, und so kehrte sie sehr viel früher als vorgesehen ins Hotel zurück. Doch das Bett war leer, kein Waldemar weit und breit. Hatte sich sein Zustand verschlimmert und man ihn womöglich ins Krankenhaus gebracht? Der Portier konnte sie beruhigen. Gleich nachdem die Herrschaften gegangen waren, hatte der Herr Baron sich ein Taxi bestellt und war weggefahren. Zum Arzt vielleicht? Nein, nein. Der Herr Baron sei sehr aufgeräumt gewesen, kein Grund zur Sorge.

«Waldemar und eine Affäre!» Vater war sichtlich beeindruckt. «Das gibt hier in der Gegend mal wieder reichlich Gesprächsstoff. Hätte ich ihm gar nicht zugetraut.»

«*Attention, les enfants*», sagte Mutter warnend, der unser Stillschweigen plötzlich auffiel.

Vater grinste. «Ich hatte das Gefühl, dass du dich auch sehr amüsiert hast. Allein, mit welchem Schwung du mit diesem mir bisher völlig unbekannten Jugendfreund Charleston getanzt hast.»

Mutter reagierte etwas verlegen. «Was bleibt einem anderes übrig, wenn du stundenlang mit irgendwelchen Langweilern am Tisch sitzt und über Rüsselkäfer und Politik redest.»

Vater hörte nur halb hin. Er war mit seinen Gedanken längst wieder bei Onkel Waldemar. «Ich hab mich gleich gewundert, dass er als Erstes im Hospiz die Bibel, die immer auf dem Nachttisch liegt, in den Schrank packte. Du weißt schon, das sechste Gebot.»

«So, Kinder», sagte Mutter, «ihr geht jetzt mal ein bisschen an die frische Luft, statt dauernd hier herumzuhocken.»

Wir taten es zögernd und hörten, während wir zur Tür gingen, Vater Wilhelm Busch zitieren: «‹Wenn's irgend möglich, Franz, so komm und trockne meiner Sehnsucht Träne»›, und Mutter erstaunt rufen: «Helene? Was du nicht sagst! Ausrechnet diese ordinäre Person. Einfach unmöglich von Waldemar!»

«Immerhin», sagte Vater, «hast du seiner Stimme den Ball zu verdanken.»

15 Mamilein

«Endlich mal wieder Fisch», sagte Vater, wenn Mamsell Hecht, Brasse oder Schleie gebraten oder gedünstet servierte, denn der Januar war mit seinem Schlackerwetter und den nur kurzen Frostperioden vorüber, und der Februar präsentierte sich bereits seit zwei Wochen unerwartet mit schneeloser, klirrender Kälte, sodass die beiden Seen zugefroren waren und man ans Fischen gehen konnte. Mein Bruder, der große Angler, flitzte aufgeregt von einem See zum anderen, um ja nichts zu verpassen. Auf dem Witzker See war Fischer Brümmerstedt mit seinem Schleppnetz zugange, während wir uns auf dem kleinen, dem Haus gegenüberliegenden See mit Aalpuppen begnügten. Ein Loch wurde ins Eis gehackt, ein Köderfisch am Haken befestigt und hinuntergelassen und die Strohpuppe mit der aufgewickelten Schnur an den Rand gestellt. Erwartungsvoll starrten wir dann in das dunkle Loch und warteten auf den Hecht, der langsam heranschwamm und blitzschnell zuschnappte, sodass die Puppe ins Wasser fiel und die Schnur sich aufrollte. Manchmal gelang es dem Fisch, die Puppe unters Eis zu ziehen, und wir verfolgten ihre Spur unter der spiegelglatten Fläche. Wo der See flacher war, betäubten wir die Fische mit kräftigen Schlägen auf das Eis und hackten sie blitzschnell heraus, ehe sie wieder zum Leben erwachten, eine Methode, die Vater nicht sehr schätzte. «Ihr würdet euch auch nicht gern von einem Riesen auf den Kopf hauen lassen.»

Im Dorf roch es jetzt überall nach Fisch, und sämtliche Katzen waren hocherfreut über die Fischköpfe, die sie nun reichlich in ihren Näpfen fanden. Die Nachfolgerin meiner schwanzlosen Miez-Miez begleitete uns sogar aufs Eis, wo sie, wie wir auf Beute hoffend, schnurrend um die Aalpuppen herumstrich.

Weit mehr zog es uns allerdings zum Witzker See, in den der ebenfalls gefrorene Rhin mündete und uns so eine zusätzliche Fläche zum Herumtoben bot. Leider waren die Halterungen unserer Schlittschuhe schon recht ausgeleiert, sodass sie einem immer dann von den Füßen flogen, wenn man besonders viel Fahrt draufhatte. Außerdem waren die meiner Schwester ihr zu klein geworden und meine von einer Kusine geerbten mir reichlich groß. Unsere zarten Hinweise auf neue stießen jedoch bei Vater auf ungläubiges Erstaunen. «Neue Schlittschuhe in diesen Zeiten? Ich höre ja wohl nicht recht.»

«In diesen Zeiten» war neuerdings eine gern von ihm benutzte Redewendung – und nicht zu Unrecht. Überall rundherum gingen Güter und Höfe pleite, und öfter als sonst saß Vater mit sorgenvoller Miene über den Büchern. Mutter jedoch plagte mehr die Befürchtung, wir könnten auf dem See einbrechen, denn dort, wo Brümmerstedt sein Netz gezogen hatte, war das neu gefrorene Eis reichlich dünn. Wir aber trieben uns sorglos noch lange nach Einbruch der Dunkelheit auf dem See herum und machten Bekanntschaft mit anderen Kindern, die in ihren Pantinen schlitternd schneller vorankamen als wir mit unseren Peekschlitten. Wir bauten uns Hütten im Schilf und spielten Versteck, bis die Glocken zu läuten begannen, das Abendrot verschwand und Großer Bär und Milchstraße sichtbar wurden, der Ostwind uns noch heftiger in die Nase biss und wir unsere klammen Hände immer häufiger bepusten mussten, um sie warm zu kriegen. Erst dann schnallten wir unsere Schlittschuhe ab, liefen über das vor Frost knisternde Gras, begleitet vom zornigen Toben des Nöck, der das Eis seufzen und wie Kanonenschläge krachen ließ, und hofften insgeheim, Mamsell würde sich unseres großen Hungers vielleicht mit Schokoladensuppe oder einem leckeren Reispudding mit Saft erbarmen. Tatsächlich gab es außer den üblichen Schmalzstullen mit Blutwurst, Kochkäse und Harzer Roller in Teig gebackene Apfelscheiben mit einer sämigen Vanillesoße, einen Nachtisch, den wir liebten, den aber unsere Eltern heute nicht so recht genießen konnten. Tante Herta hatte sich überraschend angesagt und das auch noch mit einem Telegramm, worüber Vater sich gar nicht beruhigen konnte. «Was sind denn das für neumodische Allüren? Sie weiß doch, dass wir kein Telefon haben und Telegramme extra ausgetragen werden müssen. Und das bei der Kälte!»

Tante Herta kam diesmal nicht allein mit ihrem Dackel, sondern sie brachte auch ihre verwitwete Mutter mit, um die sie sich neuerdings aufopfernd kümmerte. Meine Eltern waren der Ansicht, dass «Mamilein» seit dem Tode Onkel Bernhards eigentlich recht gut allein zurechtkam, obwohl man sich in der Verwandtschaft einig war, dass sie nicht gerade vor Tüchtigkeit strotzte. Vater nannte sie «Madame Récamier», weil in ihrer hübschen kleinen Villa das Sofa im Wohnzimmer ihr bevorzugtes Möbel war, auf dem sie ausgestreckt viele Stunden verbrachte, anstatt, wie es sich gehörte, geschäftig herumzurennen und sich um den Haushalt zu kümmern.

Aber nein, sie widmete sich lieber der *Berliner Illustrierten* oder blätterte in der *Dame*, dem Journal für den verwöhnten Geschmack. Merkwürdigerweise lief gerade bei ihr trotz des Mottos «Es ist so schön, gar nichts zu tun und sich vom Nichtstun auszuruhn» alles wie am Schnürchen. Denn Mamilein hatte ein sicheres Händchen für gutes Personal und wusste geschickt mit ihm umzugehen. Obgleich sie sich um nichts kümmerte, bemerkte sie alles: den fehlenden Mokkalöffel in dem Besteck für vierundzwanzig Personen, die kaum sichtbare, aber frische Schramme auf dem kostbaren Beistelltischchen aus Mahagoni, die winzige Beule in dem Silberkännchen. Aber ihre Kritik war so in Beiläufigkeit verpackt, dass nur der Täter sie mitbekam, von dem sie keine großen Entschuldigungen erwartete. Onkel Bernhard hatte sie angebetet, und auch ihn hatte sie unauffällig, wenn auch konsequent dirigiert. Der Onkel war ein «Schmisskläffer», das heißt, er hatte einer schlagenden Verbindung angehört und eine Menge Freunde in die Ehe mitgebracht. Aber Mamilein entschied, wer von ihnen ein Gast sein durfte. Als Erstes schieden die Herren aus, die sich mehr dem Rotwein und den Karten als ihr widmeten, was Onkel Bernhard betrübte, was er aber gehorsam zur Kenntnis nahm. Dafür konnte, wer zugelassen war, sich nicht genugtun, das zauberhafte Haus mit der zauberhaften Gastgeberin zu rühmen, diesem zarten Geschöpf wie aus einer anderen Welt. Die Spötter in der Familie meinten allerdings, sie habe mehr von einem Äffchen, wenn auch einem sehr charmanten, als von einer Elfe.

Tante Herta war das Gegenteil ihrer Mutter. Schon früh war ihr eingebimst worden, Rücksicht auf das zarte Mamilein zu nehmen und nicht laut singend durchs Haus zu stampfen oder der Mutter mit ihrer Besserwisserei die zarten Nerven zu strapazieren. Da Mamilein nicht gerade vor mütterlicher Fürsorge überlief, beschloss das Kind, den Spieß umzudrehen und sie einfach wie eine Puppe zu behandeln, was Mamilein zunächst amüsierte, was sie aber dann doch sehr lästig fand, vor allem den Umstand, dass das Kind den Eltern nicht einmal im Schlafzimmer Ruhe ließ und sich angewöhnt hatte, auch nachts nach ihrer lebendigen Puppe zu sehen. So kam die Tochter schon sehr früh ins Internat, von wo aus sie die Mutter in ihren Briefen mit besorgten Ratschlägen für ihre Gesundheit bombardierte. Später dann ging sie irgendwann ihre eigenen, wenn auch, vor allem was die Liebe anbetraf, nicht sehr erfolgreichen Wege. Bei uns war sie trotz ihres Kräuterticks ein ganz gern gesehener

Gast, der Interesse an Vaters Bäumen zeigte und sich allein gut zu beschäftigen wusste. Doch das kaum sechzigjährige Mamilein war in Tante Hertas Augen nicht nur eine hilflose Witwe, sondern auch ein alter, hinfälliger Mensch, der viel Ruhe, einen geregelten Alltag und eine liebevolle Führung brauchte, um die nächsten fünfundzwanzig Jahre einigermaßen heil zu überstehen. Und Tante Herta fand, dass die Stille und der Frieden unseres Dorfes, gepaart mit der herrlichen Winterluft, genau das Richtige seien, um die angegriffene Gesundheit ihrer Mutter nach einer schweren Grippe wiederherzustellen.

«Sie scheint wirklich ziemlich klapprig zu sein», sagte Vater mitleidig, als er Mamilein, fest im Griff von Tante Herta, die Veranda heraufstolpern sah. Während sie ihre Mutter aus Fahrpelz, Mantel, Strickweste und -jacke schälte und sie von ihren Überschuhen befreite, lieferte die Tante uns gleichzeitig Mamileins dramatische Krankengeschichte, in der sich aus einer schweren Erkältung fast eine Stirnhöhlenvereiterung, dann fast eine Mandelvereiterung und aus einer Bronchitis fast eine Lungenentzündung entwickelt hatte. Die Wirklichkeit sah etwas anders aus, wie wir später erfuhren, und es hatte sich lediglich um einen starken Schnupfen und Husten gehandelt. «Aber nun», sagte Tante Herta und nahm Mamilein den Schal ab, «sind wir wieder auf gutem Weg, gesund zu werden.»

Mamilein nickte und steuerte zielbewusst das Sofa im Wohnzimmer an, auf dem sie sich mit angezogenen Beinen und einem matten Seufzer niederließ, worauf sie sogleich aufs Neue eingewickelt wurde, wenn auch nur mit einer Decke. Tante Herta legte prüfend die Hände an den Kachelofen und stellte besorgt fest: «Könnte wärmer sein.» Dann sagte sie, zu Mutter gewandt: «Ich will schon mal nach oben gehen und mit Auspacken anfangen», und schob blitzschnell die silberne Zigarettendose, nach der ihre Mutter gerade griff, aus ihrer Reichweite. «Ist dir auch warm genug?» Mamilein nickte. Aber wie Miez-Miez, wenn sie kurz davor war, ihre Krallen zu zeigen, zog sie ihre Brauen für einen Augenblick zusammen.

Tante Herta, die für sich selbst völlig anspruchslos war, hatte an unserem Gästezimmer diesmal viel auszusetzen. Das Keilkissen war zu hart, das Oberbett zu schwer, und – oder kam es ihr bloß so vor? – hatte die Matratze nicht eine Kuhle? Sie forderte eine Wolldecke als warme Unterlage unter dem Laken, ein zweites Kopfkissen und eine Rolle für Mamileins Knie. Danach ging sie in die Küche und brachte Mamsell in Rage, weil sie ihr mehrmals erklärte, wie schädlich schon einmal benütztes Bratfett für ihre Mutter sei. Außerdem gehe Mamsell zu sorglos mit dem Salz um.

Selbstverständlich bekam Mamilein ihr Frühstück ans Bett, das ihr Tante Herta eigenhändig zubereitete, wobei sie zu unserem Staunen das Brot in lauter kleine Häppchen schnitt, so, als sei ihre Mutter eine mümmelnde Greisin.

«Nun auch noch die Zähne», sagte Vater halblaut.

Unsere Gespräche wurden sehr einseitig. Sie drehten sich ausschließlich um Mamileins Befinden, das nach Ansicht von Tante Herta immer noch sehr zu wünschen übrig ließ. Unser Hausarzt hätte dazu gesagt: «Ein sehr unklarer Befund.» Bald wurden wir von dem ständigen Gerede über schmerzende Gelenke, trockenen Husten und ein merkwürdiges Ziehen im Rücken angesteckt, und auch mir tat plötzlich dauernd etwas weh. Allerdings wurde mein Leiden von Vater in Blitzesschnelle mit Ballistol geheilt, das eigentlich dazu diente, das Innere von Gewehrläufen einzuschmieren, aber in der Familie als Allheilmittel für vielerlei Krankheiten verwendet wurde. Und kaum waren wir wieder draußen und auf dem Eis, waren Bakterien und Bazillen vergessen, und wir tobten herum, bis unsere Backen glühten.

Trotz Tante Hertas Unkenrufen fanden wir, dass es Mamilein langsam besser ging. Ein kurzer Spaziergang durchs Dorf, ein Gläschen Sherry zwischendurch und nicht nur in der Suppe, eine kleine Spazierfahrt durch den Wald waren durchaus schon möglich. An einem dieser Tage, als wir gleich nach dem Mittagessen wieder nach draußen auf unser geliebtes Eis strebten, sagte Mamilein plötzlich: «Ich möchte mit.»

Tante Herta starrte sie ungläubig an. «Du?»

«Ja, ich», sagte Mamilein. «Du hast selbst gesagt, die Luft hier würde mir gut tun.»

«Aber dann doch wenigstens erst nach deinem Nachmittagsschlaf!», rief Tante Herta.

Mamilein schüttelte den Kopf. «Nein, jetzt.»

«Was willst du denn auf dem See?», rief Tante Herta ganz unglücklich. «Bei dem eisigen Ostwind. Du wirst dir den Tod holen. Außerdem wollte ich doch nach Rathenow fahren.»

«Dann tu's doch», sagte ihre Mutter in großer Ruhe. «Ich habe ja die Kinder. Die werden schon auf mich aufpassen. Nicht wahr?» Sie lächelte meinen Bruder an. «Und noch dazu einen ausgesprochenen Kavalier. Er wird bestimmt dafür sorgen, dass mir nichts passiert.»

Tante Herta kapitulierte, gab uns aber noch sehr genaue Instruktionen, was Mamilein für diese Expedition anzuziehen habe. Gehorsam befolgten wir ihre Anweisungen. Doch nach der zweiten Strickjacke winkte Mamilein ab. «Nun ist es aber wirklich genug. Und bitte nicht den Schal so fest. Ihr erwürgt mich ja.»

Wir zogen ihr die Wollmütze sorgsam über die Ohren und gaben ihr außer den Handschuhen noch einen Muff. Dann zogen wir los. Gestützt von meinem Bruder und meiner Schwester, machte sie sich wie eine wandelnde Aalpuppe auf den Weg zum See, wo sie sich erst einmal auf unserem Schlitten niederließ und uns beim Schlittschuhlaufen zusah. Dann rief sie meine Schwester zu sich und deutete auf ihre Schlittschuhe. «Lass mich mal», sagte sie. «Sie müssten mir passen.»

Meine Schwester sah sie entgeistert an. Aber Mamilein war ein Gast und ein erwachsener dazu. So schraubte sie ohne Widerrede ihre Schlittschuhe an Mamileins zierlichen Schnürstiefeln fest. Unsere Großtante entledigte sich einiger ihrer Hüllen, stellte sich auf die Beine und fuhr, wenn zuerst auch noch recht wacklig, davon. Perplex starrten wir ihr nach, und mein Bruder jammerte: «Und wir sind dann wieder schuld, wenn sie sich das Genickt bricht.»

Aber davon war vorläufig keine Rede. Madame Récamier lief in eleganten Kreisen dahin, ja hob sogar ab und zu ein Bein wie Möpschen am

Baum, wenn auch mit großer Vorsicht. Niemand wäre auf die Idee gekommen, dass sie seit vielen Jahren keine Schlittschuhe mehr angerührt hatte.

«So, Kinder», rief sie nach einer Weile, atemlos, aber sichtlich glücklich, «das wär's erst mal für heute!», und steuerte den Schlitten an. Dabei geriet ihr gefrorenes Schilf zwischen die Füße, sie stolperte, fiel der Länge nach hin, versuchte aufzustehen und sank mit einem Schmerzenslaut wieder zusammen. Wir zogen und zerrten, bis wir sie auf dem Schlitten hatten, und schnallten ihr die Schlittschuhe ab. Die Großtante schnürte ihr rechtes Stiefelchen auf, betrachtete den langsam anschwellenden Fuß und meinte völlig ruhig: «Das war's, Kinder. Den werde ich mir wohl gebrochen haben.»

Mein Bruder lief zum Haus, um den Kutscher zu holen, und als die Eltern und Tante Herta zurückkamen, lag Mamilein bereits im Bett. Tante Herta war außer sich und rannte ganz aufgelöst mit ihrem Dackel und Möpschen auf den Fersen pausenlos die Treppe zur Küche rauf und runter, mal mit kalten Wickeln, mal mit heißem Wasser, mal mit einem Kräutertee, der wie brackiges Wasser roch. Es war ein solches Gelärme im Haus, dass Vater sich in seinen Wald verzog und Mamsell ihre Ich-kündige-Miene aufsetzte.

Am nächsten Tag kam unser Hausarzt, um nach der Patientin zu sehen. Geduldig hörte er sich Tante Hertas langen Krankenbericht an, der weit über den verletzten Fuß hinausging, sagte dann freundlich, er wolle sich selbst ein Bild machen, und komplimentierte sie aus dem Zimmer. Bald darauf hörten wir fröhliches Gekicher, und Vater sagte: «Das typische trostlose Lachen einer hinfälligen Greisin.»

Bald darauf kam der Arzt die Treppe herunter. «Ist es sehr schlimm?», fragte Mutter besorgt. «Sie wissen ja, die Gesundheit meiner Tante ist sehr labil. Und nun auch noch der Fuß womöglich gebrochen.»

Der Arzt beschäftigte sich eingehend mit seiner Tasche, ohne weiter auf dieses Thema einzugehen. «Ich würde vorschlagen, sie ein paar Tage in die neue Privatklinik zu schicken. Der Kollege dort hat einen glänzenden Ruf.»

Und so wurde Mamilein in ein Taxi verfrachtet, was alleine schon im Dorf Gesprächsstoff für mehrere Tage bot, und in die Stadt gebracht, sehr zu Tante Hertas Leidwesen, der es nun unmöglich war, sie täglich zu betreuen. Denn Vater weigerte sich kategorisch, die Pferde bei dieser Kälte jeden Tag zweimal den Weg zur Kleinbahn machen zu lassen.

Eine Woche später besuchten wir die Großtante

dafür alle gemeinsam. Sie lag in einem geräumigen, feudal eingerichteten Zimmer und sah völlig verändert aus, immer noch sehr ätherisch, aber durchaus unternehmungslustig. Natürlich wollte Tante Herta sie sofort wieder mitnehmen, jetzt, wo sich herausgestellt hatte, dass der Fuß nur verstaucht und nicht gebrochen war. Aber ihre Mutter weigerte sich strikt und bestand darauf, noch in der Klinik zu bleiben. Dem Wortgefecht zwischen Mutter und Tochter machte die Arztvisite ein Ende. Zusammen mit einer Schwester betrat schwungvollen Schritts der Chefarzt das Zimmer, ließ den Blick über uns schweifen, machte eine knappe Verbeugung, sagte in leicht belustigtem Ton «Oh, so viel lieber Besuch» und fragte dann seine Patientin: «Wie geht's uns denn heute?» Dann setzte er sich auf den Bettrand und griff, von uns ehrfurchtsvoll bestaunt, nach ihrer Hand, um den Puls zu fühlen. «Ich denke», sagte er dann mit Autorität in der Stimme, «ein paar Tage sollten wir sie noch hier behalten.»

«Aber ich dachte, der Fuß ist wieder ganz in Ordnung», sagte Tante Herta. «Jedenfalls habe ich die Oberschwester so verstanden.»

«Das ist er», sagte der Arzt. «Es ist mehr das Herz.» Er tätschelte beruhigend auf Mamileins Hand, in deren Augen so etwas wie Schadenfreude aufblitzte.

«Ja, ja, das dumme Herz», sagte Vater. «Wem von uns macht es nicht hin und wieder zu schaffen.»

Scherz
Ilse Gräfin von
Bredow
Adel vom Feinsten